记忆遗产系列科幻小说之五

记忆遗产之天地对决

吴宗群 著

金城出版社
GOLD WALL PRESS

图书在版编目（CIP）数据

记忆遗产之天地对决 / 吴宗群著 . —北京：金城出版社，2019. 1
ISBN 978-7-5155-1775-9

Ⅰ. ①记… Ⅱ. ①吴… Ⅲ. ①科学幻想小说 - 中国 - 当代 Ⅳ. ①I247. 5

中国版本图书馆 CIP 数据核字（2018）第 258983 号

记忆遗产之天地对决

作　　者	吴宗群
责任编辑	郝俊伟
开　　本	880 毫米 × 1230 毫米　1/32
印　　张	6
字　　数	80 千字
版　　次	2019 年 1 月第 1 版
印　　次	2019 年 1 月第 1 次印刷
印　　刷	三河市百盛印装有限公司
书　　号	ISBN 978-7-5155-1775-9
定　　价	32. 00 元

出版发行	**金城出版社** 北京市朝阳区利泽东二路 3 号　邮编：100102
发 行 部	（010）84254364
编 辑 部	（010）64210080
总 编 室	（010）64228516
网　　址	http：//www. jccb. com. cn
电子邮箱	jinchengchuban@ 163. com
法律顾问	陈鹰律师事务所（010）64970501

引 言

千万年来，人类生生不息，给后人留下了无尽的遗产与宝藏，唯独最宝贵的记忆，却不能作为遗产留给后人，以致每个人来到这个世界上时，大脑中一片空白，必须通过系统的学习才能掌握某个领域的专业知识与技能。

为此，每个人学习新知识需要耗费将近一生三分之一的时间，甚至毕其一生。即便如此，他也不可能获取所有的知识，更不可能掌握宇宙的奥秘。

这一切，正是离地球最远的奥密伽 7 星人所为，他们主宰着宇宙间的一切，堪称宇宙霸主。他们为宇宙间不同的星球设置了不同的功能。当他们赋予地球各种生

命时，对人类预先做出了记忆存储与删除的设计，旨在控制地球生灵智慧的上限，使其威胁不到自己的宇宙霸主地位和奥密伽 7 星人的存亡。

然而，地球上一个小男孩的意外出现，让奥密伽 7 星人急剧恐慌，也让地球上几大巨头国家陷入暗战之中。

一场关于记忆遗传基因密码的争夺战，在中、美、埃及以及奥密伽 7 星球人之间展开……

目 录

第七十章　顺利回国

美国旧金山 101 国道。

今天，通往旧金山国际机场的 101 国道特别拥堵，所有车辆几乎用低于步行的速度行驶。也难怪，此时正值旧金山旅游旺季，拥堵是常态。

坐在副驾驶位置上的赵亚文不停地抬腕看表。看到他焦躁的神情，正在开车的特别助理斯蒂夫在心里估算一下，按照目前的行进速度，他们肯定赶不上航班了，更别说还要提前落实彼德和伊娃的护照签证。

斯蒂夫指着不远处高速路边的机场大巴中转站建议："头儿，前方不远处就是机场大巴中转站，你们在那里转乘机场大巴还能来得及，我就把你们送到这儿吧。"

机场大巴是当地一种快速公共交通工具，在高速路上拥有一条专用通道，可以免受拥堵之苦。

听了斯蒂夫的建议，赵亚文暗自庆幸：一是庆幸今天自己破例"假公济私"请助理送行，否则不可能把车扔下转乘；二是庆幸以前办事按秒安排行程的自己，今天却鬼使神差地提前40分钟出发。

眼下，转乘机场大巴确实是明智的选择。他们立即下车，像逃难一样，拿着各自的行李，艰难地来到转乘站，登上一辆开往机场的大巴。

赵亚文一家四口和伊娃冲到美国旧金山国际机场中国东航服务台前，纷纷长吁一口气。谢天谢地，总算没有再遇到意外。

由于彼德和伊娃的护照没有拿到，还不能马上办理登机手续。赵亚文急得左顾右盼，期待昨天约好的大使馆的人尽快出现。但他又不想让家人跟他一起着急，便建议他们找一家咖啡厅喝杯咖啡，休息一会儿。

听到赵亚文的建议，伊娃兴奋得一手拉着彼德，一手拉着行李箱，孩子似的撒腿就跑。她虽然已经是亭亭玉立的少女，却很少出远门，更没有乘坐过国际航班飞到遥远的异国他乡。一切对她来说，都是新鲜的。

彼德担心伊娃再次走失，耽误全家人登机，又不想败坏她的兴致，于是紧紧跟在她身后。

在一家中国礼品商店门口，伊娃站住了。她突然意识到，自己空手去看望从未谋面的太爷爷，红嘴白牙地给他老人家拜寿，貌似不太好。于是她转身拉住彼德，问道："彼德哥哥，中国的拜寿是不是和咱们庆祝生日一样？我们是不是应该送给太爷爷一份礼物？你知道他最喜欢什么吗？"

彼德欣慰一笑，调侃道："他最喜欢你。"

见伊娃不解，彼德好言劝道："我们去中国给太爷爷拜寿，就是让他最开心的礼物啊！再说了，这里卖的都是中国特产，到上海随时随地都可以买到，还便宜很多呢。即便咱们带礼物，也应该是带有美国特色的。那样的礼物，妈咪早就准备好了，其中就包括你那份。"

伊娃听出了彼德的言外之意，就是不想让她花钱。昨天晚上她和爷爷告别，根本没有想到这件事。都怪爷爷，他以为这次和彼德一家人出行，处处有彼德父母照顾，根本不用她花钱，也就没给她零花钱。她真恨自己是未成年人，不然就会有一张属于自己的信用卡，那样就可以按照自己的想法，给太爷爷买一份礼物了。

唉，身无分文的自己，只能生气不能争气。无奈之下，伊娃乖巧地和彼德转了一圈又回到中国东航服务台前。

服务台前，莉莉一边照看着行李，一边挽着依莎贝拉的手臂，生怕再发生不测。赵亚文一脸焦躁地盯着自己的手机……

突然，手机响了。赵亚文一看，是杨秘书打来的，马上接通。

“赵博士吗？您好！您到机场了吗？”

“杨秘书，您好！我是赵亚文，我们刚到机场，谢谢您的关心。”

“我不关心你们，你们也走不了啊，哈哈！”杨秘书打趣道。接着，她告诉赵亚文，“你直接到东航服务台，向服务人员出示你的护照，他们就会把彼德和伊娃已经签好的护照交给你。”

“太好了，太不可思议了！”得知中国驻旧金山总领馆如此神速地为彼德和伊娃办好签证，赵亚文有点难以置信。经过再次确认，他打心眼儿里对中国政府给予自己这次出行提供的便利，既感激又感动。

按照杨秘书的交代，赵亚文转身准备向中国东航服务台的工作人员询问。

还没等他开口，一位留着齐眉刘海笑容可掬的年轻姑娘便用纯正的美式英语问道：“先生，需要什么帮助吗？”

赵亚文向齐眉刘海姑娘出示了自己的护照：“请问，我们乘坐的航班今天能准时起飞吗？”

齐眉刘海姑娘仔细看了一遍赵亚文的护照，微笑着告诉他：“您放心，正点起飞。”她又看了看赵亚文，“您是赵亚文先生？”

“是的。”

“这里有您一个特快邮包，请您签收。”齐眉刘海姑娘递给赵亚文一个印有美国白头鹰标志的特快邮件大信封，信封上贴着“赵亚文先生收”“重要证件”的醒目标签。

赵亚文签收后，打开信封，里面一个透明塑料袋里，装着两本护照。他拿出护照一看，封面上不是美国公民所用的那种绿底上面印着美国国徽的护照，而是蓝底上印着联合国徽标的护照。

他打开一看，彼德护照的年龄一栏标注 23 岁，伊娃护照的则标注 25 岁。

随护照寄来两份英文聘书，译成中文的意思是：

聘　书

兹聘请彼德赵作为联合国教科文组织形象代言人，旨在推进国际之间的教育合作。必要时将代表地球公民与外太空展开教育合作。

联合国教科文组织总干事　亚戴丝·伊莲娃

2030 年 7 月 18 日

联合国教科文组织颁给伊娃的聘书内容，和彼德的聘书内容一样。

赵亚文看罢，心中暗暗吃惊。联合国教科文组织总部在法国巴黎，聘书往返巴黎和旧金山，这么短的时间内，他们是如何办到的呢？这让他这个优质理工男百思不得其解。

让他更难以理解的是，将来彼德和伊娃持这本护照，去任何联合国成员国都是免签，一路绿灯。小学尚未毕业的彼德和伊娃，拥有何德何能，担此殊荣呢？

赵亚文想到这里，莞尔一笑。也许这就是传说中上帝的玩笑，或者是国际黑色幽默。彼德整天叫嚷着“世界上所有学校都应该消亡”，这个口号虽然够不上反人类，起码是反现代教育的，可是联合国教科文组织却聘他担任“推进国际之间的教育合作的形象代言人”。呵呵，这世道，只有自己想不到，没有别人做不到。

此时，赵亚文心头一疑未解，一疑又起。

两个原本年龄一样大的孩子，现在伊娃变成 25 岁，彼德却变成 23 岁，伊娃比彼德还大了两岁，到底谁是哥哥谁是妹妹呢？难道昨天检测骨龄时，医生没有认真核对结果，就按照自己留下的传真号发给杨秘书了？

曾经的学霸赵亚文，现在彻底领教了什么叫“百思不得其解”。既然想不明白，于是他干脆不想了。因为

他最担心的签证问题，已经带给他惊吓般的惊喜了。

比任何人都高兴的人，当然是彼德和伊娃。他们得知自己以后可以自由出入任何联合国成员国，便像幼童一样，双手相拉，转着圈地又蹦又跳，引起行人纷纷侧目。

一切如此顺利，让赵亚文的身心彻底放松。他见登机时间还早，就带领家人走进一间咖啡屋，给每人点了一杯上等咖啡。

当服务员把热腾腾的咖啡端上来时，赵亚文好像突然想起什么事儿，把刚端起的咖啡杯又放下了。

华盛顿五角大楼内，美国“火狐计划”负责人“猎鹰”怒目注视着面前的杰克等人，然后把咖啡杯重重地蹾在桌上。

得知他们设计的各种套路，不但没有套住赵亚文一家人，还让他们走出了控制范围，杰克、安东尼和莉莉不等“猎鹰”去“请”，便主动来到“猎鹰”办公室受训。

他们毕恭毕敬地站在“猎鹰”的办公桌前，垂头丧气地等待着即将到来的“暴风雨”。万万没想到，“猎鹰”只是把咖啡杯重重蹾在桌上后，一言不发。这可不是“猎鹰”平时的做派，想必赵亚文一家人离开美国的后果，比他们想象的要严重。

赵亚文端起咖啡，突然觉得肩头的担子向一端严重倾斜。回国探亲的那端的压力一下子轻了，而这端的 X9 超级天文现象探测计划却更重了。

他连忙掏出手机，拨通了斯蒂夫的电话。

“头儿，怎么样，到机场了吗？”手机听筒里传出斯蒂夫热情洋溢的问候。

一股暖流立即冲到赵亚文的内心深处。多好的年轻人啊，多好的团队啊，遗憾的是，他却在关键时刻选择逃离。

但是，旅行出奇的顺利，瞬间覆盖了他的遗憾。他兴奋地告诉斯蒂夫：“到了，到了！一切顺利！谢谢你建议换乘大巴，不然我们现在还在高速路上堵着呢。你到办公室了吗，宇航体检结果出来了吗？”

“返程路上畅通无阻，我早就到办公室了。我们的体检报告，按理说应该出来了。莉莉去总部了，她回来就能有结果。”

赵亚文又仔细地向斯蒂夫交代了近期应该做的工作，希望在他去中国这段时间，项目工程不受影响。

交代完毕，赵亚文还是放心不下 X9 超级天文现象探测计划。但是他不知道，因为他未能参加体检，即便员工的宇航体检全部通过审核，他们也不能登上太空。

兴奋无比的彼德、伊娃，见到赵亚文临行前还牵挂

着工作，都安静下来，耐心等待。

赵亚文打完电话，广播里就传出他们所乘航班已经进港，要求他们安检通关。

其他人都顺利地通过安检，唯独伊娃安检时遇到了麻烦。她一旦接近安检门，报警器便发出警报声。安检负责人将伊娃带进“小黑屋”，再三盘问后进行裸检，也没有发现她身上有任何违禁品。无奈之下，他们只好放行。

这通折腾，又耽误了一些时间。安检放行伊娃之后，广播里就传出点名要求他们尽快登机的通知。他们来不及多想，各自带着行李直奔登机口。

当赵亚文放好行李，在座位上坐好，准备把手机设置成飞行模式前，飞快地给父亲发出一条中文短信：

一行五人，准点起飞，望接。小五子字。

美国“火狐计划”负责人“猎鹰”，盯着监控屏幕上腾空而起的空客 320，咬牙切齿地爆了一句粗口，转身吼道：“以‘没有任何借口’为行动宗旨的你们，为什么在这个任务上，总是处处晚一步呢？谁能给出一个我能接受的解释？莉莉，我一直以为，率先圆满完成任务的人一定是你，然而事实无情地告诉我，你最擅长做的事情，却是错失良机。如果你们以为赵亚文一家人此

去中国，仅仅是给他爷爷庆贺百岁生日，那就犯了连仁慈上帝都无法原谅的愚蠢错误。”

杰克一脸谄媚相，嗫嚅地说道：“将军，也许事实并没有您想象的那么悲观。据最新情报显示，北京方面派到埃及的特工，还没有来得及开展工作，就莫名其妙地折了一个。看来，他们的对面，除了我们，还有更强大的对手。”

杰克的推断让“猎鹰”陷入思考之中。

见“猎鹰”的怒火渐熄，莉莉乘机为自己辩解：“我们工作中的最大障碍，就是必须不露声色不留痕迹，让一切看起来合理自然。为了满足这个该死的条件，我们不得不把目标转手他人，让旧金山东区警局交给FBI旧金山分局。鬼才知道，这群只会浪费纳税人金钱的猪，到底做了什么。”

“在21世纪，世界上科技最发达的美国，那栋花掉纳税人几笔巨款建设的大楼，竟然在那一刻停电了，难道活得太久就应该看到鬼吗？彼德神不知鬼不觉地消失了，又悄无声息莫名其妙地回来了，我们还有什么理由让赵亚文和家人留下来提取DNA呢？强行留下他们，只会暴露我们的真实意图。也许目送他们远去，才是最好的选择。”

“猎鹰”说到这里，突然意识到自己失言了。在后面的一系列行动中，他也仅仅是一个执行者，上峰的很多

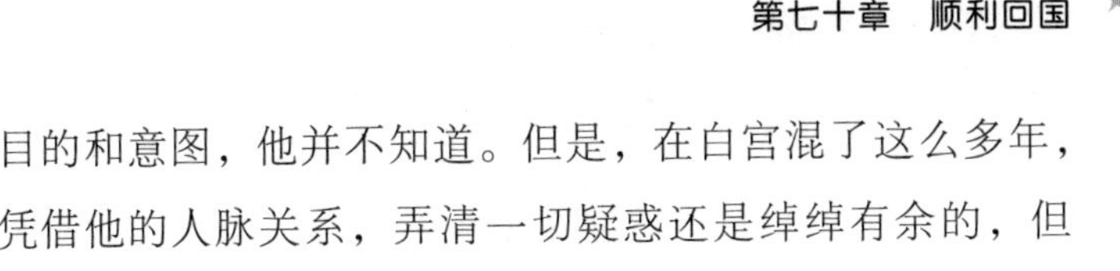

目的和意图，他并不知道。但是，在白宫混了这么多年，凭借他的人脉关系，弄清一切疑惑还是绰绰有余的，但他不想知道。有些事情，知道太多，未必是好事。

杰克的推断，也让“猎鹰”隐隐觉得，在一切偶然的背后，肯定存在一个必然。但是，又是谁在推动那个必然呢？

奥密伽7星球安全总部行动总队基地。

埃它死死地盯着大屏幕，看着赵亚文一家人带着伊娃飞往上海，悻悻地点击面前的小屏幕，启动与西塔的对话视窗：“嘿，伙计，他们就这样逍遥法外了？”

“你还好意思问呢？按照你那一套办法，只能一无所获。再者说，放他们回地球，是汉娜的旨意。咱们现在的任务是待命。”西塔淡淡地说，好像他是事外之人。

西塔作为西格玛心仪的继承人，在他与西格玛朝夕相处中，多多少少掌握一些上层的意图。但是，汉娜为什么这么安排，连西格玛都不是十分了解，他就更无从得知了。在他策划的“西塔计划”中，也没有这个环节。

西格玛也在第一时间，看到赵亚文一家人走出“火狐计划”小组精心设计的圈套，成功飞往上海。看着硕大的飞机占据半个屏幕的画面，让他心里五味杂陈。

自己设计好的一整套方案，只要“火狐计划”小组得手，汉娜老虔婆想要的东西便唾手可得。庆幸的是，“火狐计划”小组那群蠢货，总是功败垂成。

是什么神秘力量迫使赵亚文放弃登天计划，转而率全家人飞往上海，他还没有来得及让西塔调查。

万万没想到的是，埃它绑架彼德和伊娃，居然还能给“火狐计划”小组再次制造机会。本来埃它的行动，人类根本无法知道的，但谁给“火狐计划”小组提供的情报呢？要不是埃它及时采取行动，恐怕他们真就得手了。如果他们一旦得手，自己再实施“螳螂捕蝉”计划，估计就困难重重了。

“必须把彼德和伊娃安全送回地球，必须保证他们不受任何伤害”，汉娜老虔婆对安全总部下达死令。理解的要执行；不理解的，在执行中理解。谁也不知道她的葫芦里究竟卖的什么药。

想到这里，西格玛又有些失意。他觉得此刻的自己，在奥密伽星球的位置不上不下，有职无权，有想法没办法，处处受人掣肘。但换个角度看，这样的位置也没有什么坏处，最起码进可攻、退可守，左右逢源。

眼下，赵亚文带领家人去了中国，中国人对他采取什么措施呢？算了，不在其位不谋其政，既然老虔婆想搞一言堂，那就让她负责好了。

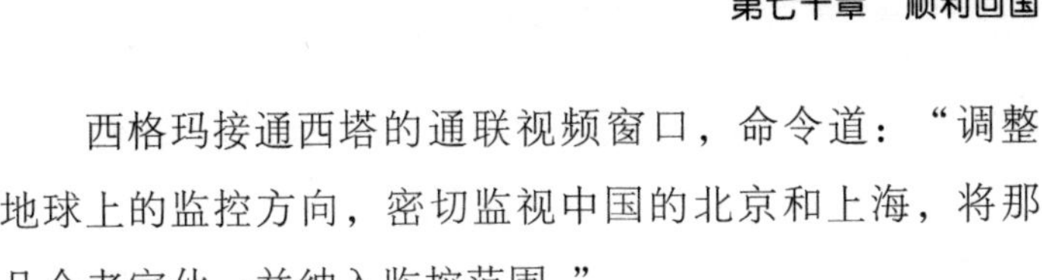

西格玛接通西塔的通联视频窗口，命令道："调整地球上的监控方向，密切监视中国的北京和上海，将那几个老家伙一并纳入监控范围。"

西格玛所说的"几个老家伙"，当然是指赵笃甫、赵步蟾和荷西。

凯恩教授的办公帐篷里。

赵亚文一家人顺利踏上回国之路，北京方面第一时间把这个消息通报给 A3，并对 A3 联手埃及专家破译外太空信息给予嘉奖，进而激发了中方科研人员的工作热情。

得力的团队，处处给力的合作者、便利的工作条件，让 A3 有点"乐不思蜀"了。

在这里，胡夫金字塔内监测的天外信号，中国"天眼"截获的来自太空的电磁波，与"候风灵动仪"监测的信号相互印证、相互补充，工作起来几乎是要风有风，要雨有雨，非常顺利。

然而，这几天凯恩教授却变得郁郁寡欢，甚至找各种毫无说服力的理由，关停了金字塔内的几台监测设备。"友军"突然不配合，让 A3 百思不得其解。

A3 准备前去和凯恩教授沟通时，他手边的量子卫星电话收到短信。

一条触目惊心的消息，让他简直不敢相信自己的眼

睛："语言专家对所有图谱的破译结果显示，彼德和伊娃遭到奥密伽7星人绑架，赵亚文一家落入'火狐计划'小组设置的圈套，险些让其获得他们的DNA等生理样本。"

第七十一章　举棋不定

彼德和伊娃被奥密伽 7 星人绑架?

“北京方面应该知道赵亚文一家人已经登上飞往上海的航班，为什么还发一条过时的信息呢?” A3 有点儿想不通。

不过，这条过时的信息，让 A3 “细思极恐”。奥密伽 7 星人为什么要绑架彼德和伊娃？将他们绑架到什么地方？为什么又悄无声息地把他们送回来？这些问题，让他百思不得其解。

“大觉计划” 行动组计划以庆祝赵笃甫百岁华诞为由，邀请赵亚文一家人回国

团聚，以此阻止“火狐计划”行动组窃取赵亚文一家人生理样本的卑鄙伎俩。

据传，彼德和伊娃被绑架后，赵亚文一家人再次落入圈套，又险些无声无息地被盗取生理样本。

什么组织如此迫切地需要赵家人的生理样本呢？难道还是“火狐小组”干的？他们想用这些生理样本做什么呢？尽管对此一无所知，A3 还是感觉有一只无形的大手在操纵着这一切。

A3 还没来得及将这条信息与身边人分享，量子卫星电话又收到一条加密信息：奥密伽 7 星人一直严密监视赵亚文等人行踪，请埃及方面通过金字塔内的设备，密切注意奥密伽 7 星人的行动，必要时采取反制措施。

A3 刚想把北京方面提供的信息与凯恩教授分享时，凯恩教授接到了一个电话。他一反常态，接通后快速走到帐篷外，看来他不想让别人听到通话的内容。

事实上，纪国红不在，A3 等中方人员即便听到，也听不懂，难道他对他的属下也心存戒备？

凯恩教授出去很久，才满脸焦躁和愤怒地回到帐篷中。

凯恩教授接到的电话，是代号“萨拉丁雄鹰”的人打来的。前两天，凯恩教授接到“萨拉丁雄鹰”的命令，减少金字塔内的监控设备数量和监测时间，今天，他又暗示凯恩教授必须带领团队撤出胡夫金字塔。

“萨拉丁雄鹰”的理由有三：

一、联合国教科文组织近期要派出专家组，检查埃及政府对金字塔的保护措施。在金字塔内大量架设电子设备，肯定得不到专家组好评。

二、埃及的史瑞夫和中国的翻译朱慧在塔内意外死亡的原因尚未查明，无法保证其他进塔之人的安全。

三、中方不仅有“候风灵动仪”，还有“天眼”，没有必要借助金字塔。

“萨拉丁雄鹰”还向凯恩教授透露，凯恩教授申请追加的经费没有通过审批，上次补充购置墓道内损坏的设备，还是他动用皇家金库紧急储备金凑齐的，现在必须凑款还回。

最后，“萨拉丁雄鹰”几乎用央求的口气，求凯恩教授必须带领团队无条件撤出金字塔。还强调说，他也有难言之隐，很多事情不能明说。

凯恩教授意识到，“萨拉丁雄鹰”在支持他调查金字塔内魔音的工作上，态度已经出现反转，科研经费不足，只是一个不是借口的借口。上次他给自己的团队调拨那点儿资金，对他来说连九牛一毛都算不上。

现在，中、埃科研团队的工作渐入佳境，接连破译了外星人的语言和各种信息，即将实现世界科学界前所未有的壮举，埃及政府没有理由在这个时候要求自己撤出啊！

更令凯恩教授难以理解的是，凭借“萨拉丁雄鹰”在埃及国内的身份和地位，完全可以直接命令自己的团队无条件撤出金字塔，根本没有必要跟他婆婆妈妈地绕弯子。他为什么这样做呢？难道他真有难言之隐？

凯恩教授一生致力于科学研究，不谙世事，不善于猜测别人的心理，更不会揣度上峰的意图。尽管他意识到他的研究难以为继，但对科学执着的精神，让他决定带领团队撞到南墙再说。

凯恩教授认为，这是他今生揭开金字塔神秘面纱的绝佳机会，也许错过就不会再有，更何况又有中国同行鼎力协助。

如果他现在遵从“萨拉丁雄鹰”的劝诫，选择中途放弃，对死去的史瑞夫和朱慧是不负责的，更是对自己理想和信仰的背叛。

凯恩教授认为，“萨拉丁雄鹰”只是建议性的劝诫，并没有动用行政命令，那么撤不撤出金字塔，决定权还在他的手里。于是，他决定加快研究工作速度，直到实在拖不下去再说。

见凯恩教授满脸愁容，坐在办公桌前一言不发，A3走到隔壁帐篷拉着纪国红，走到凯恩教授身边，关切地问道：“我们能帮你做点儿什么吗？”

见A3如此热情和关心，凯恩教授的眼睛湿润了。为了掩饰失态，他迅速调整一下情绪，装作若无其事的样子

说："学校教学上遇到一点儿小麻烦，很快就会解决的。"

教学上的问题，A3 爱莫能助，于是把量子卫星电话递给纪国红，让她把北京发来的短信告诉凯恩教授。

听说奥密伽 7 星人绑架彼德和伊娃后，又很快把他们送回地球，凯恩教授化沮丧为兴奋，拍着桌子喊道："地球人能洞察外星人的信息，简直不可想象！"

他为自己刚才的决定感到庆幸。能与中国同行一道，实现破译"天机"的壮举，此生无憾。

但是，现在对于"天机"的了解，只能说刚刚开始。地球人被外星人绑架后又送回来，其中的为什么，肯定不止十万个。如果能再破译一些信息，也许就能知道外星人为什么这么做，地球人应该怎么做了。

凯恩教授不由自主地走到帐篷外，望着远处高高耸立、似乎有点儿破败的金字塔，内心久久不能平静。奥密伽 7 星人语音信号，为什么在胡夫金字塔内特别清晰而强烈？难道它与奥密伽 7 星人之间真的有某种特殊的联系？

凯恩教授不敢往下想了。

A3 站在凯恩教授身边，关切地问道："很多监测设备从塔内撤出来，是不是因为科研经费紧张啊？凯恩教授，我们是合作团队，应该互通有无相互帮助。如果您有困难，不，不是您，是我们，现在所有问题都是我们共同的问题！在我们力所能及的范围内，一定都会圆满

解决的。”

听A3这么说，让凯恩教授达到冰点的心，一下子变成脚下沙地的温度。中国是世界大国，综合国力远不是埃及能够企及的。可以确信，如果中国政府出面，世界上的一切问题，应该都不是问题。

他盯着A3的眼睛，试探地问道：“如果贵国给予我方支持，是设备，还是资金？”

“您先列一份亟须投入使用的设备清单，我们咨询一下国内，如果有现成的，马上让他们空运过来；如果需要在其他国家购置，再考虑采用什么可行的途径。”

应该说，A3摸准了凯恩教授的脉，看到他这几天陆续命人撤下仪器设备，再看看他心事重重的样子，想必是为设备落后而烦恼。果不其然，谈及增加新设备话题，凯恩教授脸上立即漾起舒心的笑容。

事实上，凯恩教授呈现出来的这种微笑，是非常勉强的，是基于友情的微笑。“萨拉丁雄鹰”的一通电话，在他心中投下了层层阴影。在没有彻底弄清原因之前，他必然忧心忡忡。当然，还有埃及古迹委员会主席乌纳斯法老在命他进入金字塔前的叮嘱，也让他在撤与不撤之间两难。

自从胡夫金字塔墓道管理员发现墓道内的奇怪声音后，金字塔最高管理机构、埃及古迹委员会主席乌纳斯法老首先邀请他彻夜长谈，这次长谈让他一直仰视的法

老，从神坛上走下来，变成一个有血有肉、有情有义的前辈。

那次，法老首次开诚布公地向他谈及自己的身世。

乌纳斯法老是蒙图荷泰普二世的后裔，他的先人在公元前2050年统一埃及，自此埃及第十一王朝拉开序幕。当然，这是他的先人有条件地接受了“某种神秘力量”的支持才得以实现的。

在古埃及民众心目中，法老是神的化身，拥有至高无上的权力和地位，是世人不可亵渎的存在，具有绝对的权威。古埃及人对法老的崇拜近乎疯狂，仅仅法老的名字，对他们就具有不可抗拒的魔力，而官员们都以亲吻法老的脚而感到自豪。

大概是因为没有完全兑现“某种神秘力量”的承诺，乌纳斯家族渐渐失去了“某种神秘力量”支持与资助。到了他这一代，现在仅凭历史的渊源，也徒有法老的称号，事实上也只是一个看管埃及文物和古迹的官员而已。

据传，他的先人曾经留下富可敌国的财富，因多次战乱，已经变成了他家族中世代相传的秘密。唯一让他寄予希望的是，他还拥有一根祖传的纯银权杖。先人在遗嘱中留下了一套密码，后人在某一个特定的时间，在金字塔墓道的某个地点，高举这根纯银权杖，即可与“那种神秘力量”实现空天对话，在“天问”中揭晓家

族财富之谜。

遗憾的是，那套能开启空天对话的密码早已失传。为此，他的家族几十代人经历苦苦等待之后，才在墓道内听到不知来自何处的神秘声音，这也许是“那种神秘力量”眷顾他的机会。

当然，这也是乌纳斯法老心甘情愿在埃及古迹委员会这样的清水衙门屈就、当一个有名无实的主席的真正原因。

看来，乌纳斯法老特意安排凯恩教授进入胡夫金字塔墓道内监测奇怪信号，还夹杂着他多年的夙愿。

能进入胡夫金字塔墓道监测神秘信号，其实与凯恩教授的意愿不谋而合。自从他获悉胡夫金字塔墓道管理员发现奇怪声音后，就产生了深入墓道一探究竟的想法。要不是乌纳斯法老提出这个计划，仅凭他的资历和身份，进入金字塔墓道科考，绝对是无法实现的事情。金字塔已经被联合国教科文组织列入世界文化遗产名录，想要在墓道内安装监测设备，在金字塔周边安营扎寨几乎是不可能的。

凯恩教授作为无线电信号监测专家，能获得如此百年不遇的机会，本身就是一种天赐的缘分，更别说监测的内容可能是“天机”。

正是这种机缘巧合，凯恩教授才有机会带领几位得力的博士生，在金字塔附近成立研究基地，在胡夫金字

塔内的不同位置，安装高分辨音频录音仪器，全天候不间断地监测、监听这种奇怪的信号。当然，他绝对不会忘记乌纳斯法老的委托。

北京传来破译奥密伽7星人语言的消息，让凯恩教授心中泛起种种疑团。难道，奥密伽7星人就是当年支持乌纳斯法老先人统一埃及、订立盟约的“某种神秘力量”？难道，因为人类没有满足他们的需求，他们就要变本加厉地处罚人类？

现在看来，在没有完全掌握奇怪信号的来源、并破译这些信号的内容之前，绝对不能贸然行事。之前，两位年轻人莫明其妙地遭遇不测、丧命墓道也许就隐藏着某种玄机，尤其朱慧因为一支小小的录音笔引来祸端，让凯恩教授试图将纯银权杖带入墓道的计划暂时搁置。

他担心自己的这种行为，也会遭遇类似的意外。

今天，A3将北京方面破译奥密伽7星人语言的情报和凯恩教授分享，更让凯恩教授暗下决心，一定要把这种奇怪信号的来源、内容弄到水落石出之后，再决定自己能否高举纯银权杖进行空天对话。也许在对话过程中，还能意外洞悉乌纳斯法老家族财富之谜。

录音笔与纯银权杖、巨额财富与生命安全，这几个关键词一直在凯恩教授的脑海里不停闪现，在心里反复权衡。他知道，一支小小的录音笔就能导致不明信号无限放大，进而形成致人丧命的强大电流。一根导电性能

优良且半米多长的纯银权杖，在墓道中高举时，后果肯定不堪设想。

满脸愁云的凯恩教授正在竭力梳理自己的思路时，听到A3如此关注自己的情绪，重视自己的工作，感激地回答道："好的，我马上让萨曼莎整理好交给纪国红。谢谢您的支持！"

说完，凯恩教授紧紧地握住A3的手，两个男人会心一笑，然后紧紧拥抱在一起。

第七十二章　阖家团聚

上海浦东国际机场，国际到达处。

赵亚文一家人顺利通过中国海关。拿到行李后，彼德推着行李车独自走在前面。莉莉一手拉着行李箱，一手挽着赵亚文。伊娃也是一手拉着行李箱，一手挽着依莎贝拉，一行四人紧紧跟在彼德后面向国际到达出口处走去。

赵步蟾由袁主任的秘书杨青青和司机陪同，正在机场国际到达处出口等候。

看到航班准时到达，杨青青突然觉得，按照规范的接机程序，事先打印的接机牌

有点多余，于是她将接机牌塞到司机腋下。她相信，有赵步蟾在，肯定不会错过接机的。赵步蟾也深信，儿子、儿媳妇、孙子和孙女绝不可能从自己的眼皮子底下溜过去。

此时，一位身材高大的年轻人推着行李车，随着旅客的人流从赵步蟾面前走过。赵步蟾无意间看了年轻人一眼，觉得似曾相识。年轻人的目光似乎也在他的脸上停留片刻，然后像陌生人一样走过去。他再往后看，儿子和孙女正向他走来，孙女激动得一边跳着向他招手，一边撇下赵亚文向他扑来。后面是儿媳妇依莎贝拉，身边跟着一位年轻美丽但并不认识的女青年，也微笑着向他款款走来。

见到一行人和赵步蟾打招呼，杨青青立刻将一束鲜花送到赵亚文手中。

如此隆重的欢迎仪式，让赵亚文有点受宠若惊。他不认识这位热情美丽的献花女子，见她和父亲站在一起，她显然是和父亲一道来接自己的。

赵亚文还没有来得及请教她的芳名，依莎贝拉和伊娃便迎上来。赵亚文绅士地将鲜花送给依莎贝拉。他相信，自己经常在她面前念叨上海，今天，让她一踏上这片土地，就能享受如此隆重的礼节，也许更有纪念意义。

这一边，莉莉扑到赵步蟾怀中撒娇卖萌，要求他带上自己、彼德和伊娃去迪斯尼乐园。

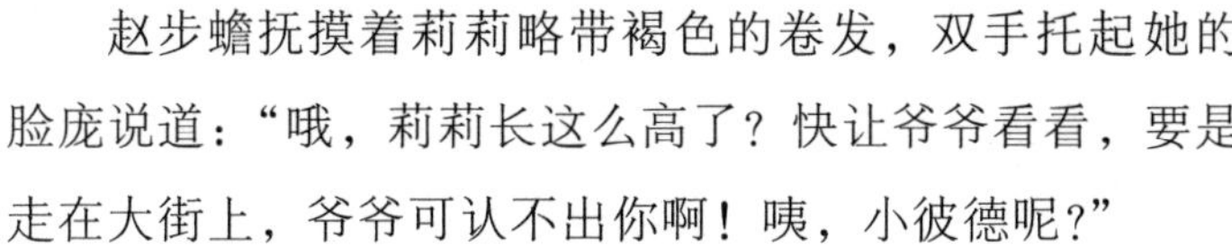

赵步蟾抚摸着莉莉略带褐色的卷发，双手托起她的脸庞说道：“哦，莉莉长这么高了？快让爷爷看看，要是走在大街上，爷爷可认不出你啊！咦，小彼德呢？”

“爷爷，您别打岔，咱们先拉钩！”

赵步蟾知道自己一旦被聪明伶俐的孙女缠上，是不可能轻易蒙混过关的，于是笑呵呵地弯下腰，一本正经地与莉莉念念有词地拉钩。

看到爷孙俩见面就如此亲热，赵亚文夫妇挽着伊娃，欣慰地选择旁观。

赵步蟾直起身子，正好看见赵亚文夫妇，立即关切地问道：“怎么没见到小彼德啊？”

莉莉指着彼德，抢先告诉赵步蟾：“呶，他在那里，就是前边那个长得比我还高的帅哥。”

走在前面的彼德，感觉父亲一行人在出口处停下来，转身回望，看见莉莉和一位老人指着自己说着什么，于是停下等待。

赵亚文见一家人堵在出口处，担心影响其他旅客出港，就轻轻地拉着莉莉和赵步蟾，招呼手捧鲜花、脸上洋溢着幸福的依莎贝拉和伊娃，离开出口处，向彼德走去。

杨青青见状，上前一步，热情地接过莉莉手中的拉杆箱，跟在众人后面。

出港大厅中央，一家人聚到一起。赵亚文上前一步

拍着彼德的肩头说道："你怎么连爷爷都不认识了？"

彼德定睛细看，难怪在出口处看到这位老人似曾相识，原来他就是自己经常思念的爷爷。他和爷爷分离也就两年左右，自己怎么连爷爷的模样都记不清楚呢？再细细回想，自从自己从太空回来以后，这种恍惚感好像时有发生，难道……

他来不及细想，上前一步拉住赵步蟾的手，恭恭敬敬地用地道的上海方言喊道："爷爷，侬好！"

赵步蟾这时彻底蒙了。刚刚听完赵亚文的介绍，又被眼前这位帅气、英俊的小伙子拉着手叫"爷爷"，弄得他有点儿丈二金刚摸不着头脑。孙子应该刚上小学，最多七岁，怎么会是眼前这位高出自己一头的大小伙子呢？

难怪刚才在出口处，与这位高个子小伙子四目相对时，就有一种似曾相识的感觉。赵步蟾抬起头，仰视着眼前这位高大英俊的小伙子，摘下眼镜，揉揉眼睛，后退两步，仔细地把对方上下打量了一番，最后还是不可思议地摇摇头，一脸严肃地对赵亚文说："你别把我的孙子弄错了！"

赵亚文知道这不是三言两语就能解释清楚的，于是岔开话题，拉过伊娃向赵步蟾介绍道："她是您的老朋友卢克叔叔的孙女伊娃。"

赵亚文原想让赵步蟾从难以置信的惊愕中转移注意

力，没想到，他的介绍更让赵步蟾惊愕不已。眼前这位亭亭玉立的金发美女，竟然是老朋友卢克的孙女伊娃？就是印象中那个胖乎乎、像个跟屁虫似的，整天跟在彼德身后转悠的七八岁小丫头？她不也和彼德一样刚上小学吗，怎么转眼就变成高挑性感的大姑娘了？

见赵步蟾面对彼德和伊娃，一脸错愕不已的样子，赵亚文意识到，这种谁也解释不了、接受不了的事儿，就不能指望父亲轻松接受。于是，他想等到有更合适的机会再向父亲逐一解释。他指着给自己献花的杨青青问道："爹地，这位姑娘是——"

见赵亚文一再转移话题，赵步蟾也意识到，这种突变，肯定不是三言两语就能说清楚的，况且还有外人在场。他从极度错愕中回过神，回答道："不好意思，我忘了给你们介绍了。这位是上海卫计委袁主任的秘书杨青青，这位是司机张师傅。"

"谢谢杨秘书，谢谢张师傅。马上过节了，你们一定都很忙，还来接我们这种闲人，我们真是太感激了！"赵亚文真诚地向二位表达了谢意。

杨青青久居官场，深受袁主任点拨和调教，这次袁主任委托她到机场接赵亚文一家人，自然要表现得干练、圆熟。她热情地说："赵博士，你是上海的骄傲。这次你荣归故里，我们有幸为你服务，也是我们的殊荣。这里不是说话的地方，咱们先上车，边走边聊。哎呀，上海

比不了纽约，路上可能有点堵。”

车上，赵亚文挨着赵步蟾坐下，简单地向他介绍彼德和伊娃离奇失踪的经过，隐去他们被绑架的情节，只是说：“他们回来的时候，就变成令所有人都感到不可思议的模样，一下子变成成年人了。”

赵步蟾听完赵亚文的选择性介绍，也意识到一个小孩子一下子变成成年人，肯定经历了很多有惊无险的过程。儿子肯定是担心自己承受不了，才说得那么随意。

赵步蟾想到那天早晨赵亚文急火火地给自己打电话求助，说彼德的签证出了状况，原来是这么回事儿。让一个二十多岁成年人，拿着 7 岁孩子的护照去签证，怎么可能通过呢？

现在想想，真是难为袁主任了。他肯定动用了各种关系，打通各种关节，才让儿子一家人如期回国。

他扭头看了看坐在身边的彼德，委屈地将两条长腿蜷缩在座位下面，乖巧的样子倒是像他记忆中的小彼德。那双天真无邪的眼睛，简直是小时候赵亚文眼睛的复制品。

赵步蟾端详半天，才半开玩笑半认真试探彼德：“彼德，现在你还能背诵《汤头歌诀》吗？”

赵步蟾这么一问，勾起了彼德对过往的回忆。《汤头歌诀》，自己曾经倒背如流啊，如果手捧大阿福，置身独立空间，自己就能轻松获得很多知识。自己曾经就

是凭借这个办法，成为轰动美国的网红、青少年心目中的神童。

他曾经以为自己无所不能，但是从外星球回来，才意识到自己甚至包括所有人，都渺小如蚁。自己的一些记忆，就像黑板上的板书，被人轻轻拭去，而自己又不知道为什么一下子变成成年人的样子。但是，不知道为什么，这个《汤头歌诀》却全部保留，且无比清晰。

爷爷这么问他，肯定别有用意。这也不怪爷爷，自己一下子变成这样，自己都难以接受，叫别人如何相信呢？于是，他便大声背诵《汤头歌诀》：

四君子汤中和义参术茯苓甘草比。
益以夏陈名六君祛痰补气阳虚饵。
除祛半夏名异功或加香砂胃寒使。
……

清晰准确且连贯，赵步蟾连连拍手称赞：“我的小彼得就是厉害，后面的爷爷都已经记不清了，呵呵！”

赵步蟾一句“我的小彼德”，让彼德觉得找到了归属感。他回头看了看伊娃，已经靠在妈妈的肩上酣然入梦。

路况不错，面包车很快来到川沙镇。一行人在一栋风格别致的徽派建筑前下了车。

赵笃甫、荷茜和小吴阿姨早早在大门前迎候。

看到赵步蟾带着孙子、孙媳妇下了车，赵笃甫连忙在人群中寻找自己心爱的曾孙彼德，左寻右找也看不见。

突然，一个身材挺拔、高大俊朗的小伙子上前拥抱他，亲切地喊道："太爷爷好！"

赵笃甫一脸茫然，下意识地挣脱彼德的拥抱，质疑地问道："你是？"

彼德也意识到自己鲁莽了，羞涩地挠挠头："太爷爷，我是彼德啊！我是不是长得太快了？"

赵笃甫揉揉眼睛，一时间很难接受眼前这位高大英俊的青年就是自己的7岁曾孙。

荷茜也被眼前这一幕弄糊涂了，不停地嘟哝着："哪能长得格快呢，弗可能哦……都说吃美国格汉堡容易长肉……"

赵亚文见赵笃甫有点发蒙，连忙拉着依莎贝拉来到他面前，一起向他问好："爷爷，侬好！我是小五子！格是彼德格娘依莎贝拉！"

依莎贝拉为了来上海，恶补了上海方言，落落大方地说："爷爷，侬好！"

孙子和孙媳妇的问候，把赵笃甫从惊愕中拉回来，看到熟悉的赵亚文和漂亮的依莎贝拉，他脸色露出欣慰的微笑。

彼德也不失时机地拉过伊娃，向他介绍："太爷爷，

这位就是我的好朋友伊娃，也就是邻居卢克爷爷的孙女。在电话里，我经常向您提到她，您还记得吗？”

赵笃甫仔细打量伊娃，也是一脸的难以置信。在他的印象中，伊娃应该比彼德还小，怎么也变成前凸后翘如此标致的大姑娘了呢？

伊娃一边热情地用英语喊着“曾祖父”，一边给他一个热情的拥抱，并在他脸颊上亲吻了一下。

赵笃甫的神情又从微笑变成惊愕。

杨青青和张师傅将所有行李卸下车，站在旁边等候。

赵步蟾赶紧说：“你们赶紧进屋说话吧。杨秘书，张师傅，辛苦了。时间还早，你们歇会儿再走吧！”

领导一再交代，必须服务到位。杨青青和张师傅听赵步蟾这么说，立即把行李往屋里搬。

祖孙四代人在客厅落座后，小吴阿姨端上来早已准备妥当的茶水、咖啡和水果。

杨青青环顾这座古朴雅致的老宅，屋旁清泉环绕，屋后翠竹荫翳，屋内悬挂名人真迹，足以令人流连忘返。她真想在此多作盘桓，但是，她今天领受了两个任务，一是把赵亚文一家人安全护送到家，二是将赵笃甫百岁华诞的筹备情况向赵家人汇报，听取他们的意见，以便调整。她已经圆满完成了第一项任务，现在想抓紧时间完成第二项任务，早点儿回去向领导复命。

她笑着对赵笃甫和赵亚文说：“老先生，赵博士，

一会儿我就和张师傅赶回市里，但走之前有一个任务我必须完成，就是要把老先生百岁诞辰的筹备情况，和各位交流一下，听取各位意见和建议，然后我们再作调整。”

第七十三章　制裁人类

北京，中国科学院记忆研究所地下三层。

“大觉计划”破译专家小组，也进驻这里，与各位专家联袂办公，以便随时获取和破译“候风灵动仪”的监控图谱。

这段时间，破译小组利用“候风灵动仪”获取来自外太空的信息，结合贵州“天眼”跟踪信息补充，再综合金字塔内的监控信息，破译工作进展得非常顺利。尤其对于奥密伽 7 星人发出的各种指令，已经掌握了基本规律。

今天，以吴岳为首的专家组坐镇现场，他们紧盯着中央控制室的环形屏幕，静静地等待最新的破译信息。各位专家在各自的岗位上按照中央控制室发出的指令，执行着一个又一个任务。

其中，最让专家破译组感到不安的，是一条来自奥密伽7星球的加密指令，这是一条缺少关键词的信息。但是，根据已经破译的信息可以推断，这是他们准备摧毁人类记忆的一条秘密指令。他们究竟要采取什么样的行动，必须找到那些关键词。

这几天，吴梅和雒小丹跟着专家团队连续工作数十个小时。其实，吴梅更担心吴岳的身体。作为高龄老人，和年轻人一起摸爬滚打，真不知道会出现什么情况。

作为闺蜜，雒小丹知道吴梅的担心，也知道她拿吴岳没有办法，便端来两杯热咖啡。吴梅喝下香醇可口的咖啡，倍感神清气爽。

突然，她面前的电脑屏幕上出现了黄色警示信号。她连忙切入信号终端，几个多人等待多日的关键词映入眼帘：删除……功能……

吴梅立即将这组破译出来的关键词发往中控中心。中控中心综合其他监控仪器记录下的图谱，经过反复筛选和比对后，将这几个关键词嵌入那条秘密指令，虽然还有几处缺损，但也能推断出这条秘密指令的大致内容。

奥密伽7星人……惩罚人类……将在……删改地球上……记忆功能。

“惩罚人类”“删改记忆”，吴岳和专家组成员凝视着环形屏幕上的信息，陷入深深的忧虑之中。

他们推断，一旦情报属实，科技水平高出人类几个等级的奥密伽7星人，一旦把人类的记忆功能删改，就等于把人类直接打回类人猿时代，所有人充其量就是行尸走肉，甚至连普通的低级动物都不如，五千年来一代代人创造的文明都将化为泡影。

失去记忆的人类，必将敌友不分，像低级动物一样嗜血成性。那些掌握生杀予夺大权的独裁者，将会肆无忌惮地引爆毁灭地球几十次的各类武器，地球将不复存在。

难道，世界末日真的要到了？

遗憾的是，囿于刚刚破译奥密伽7星人的语音系统，还有许多信息不能破译，还需要大量的时间，不知道奥密伽7星人还能不能给人类喘息的机会。

专家组一刻也不敢耽搁，将破译结果和推断报告立即上报A2。

凯恩教授办公室。

凯恩教授在A3的安慰下，从两难的抉择中走出来，

握紧 A3 的手，在他肩头会意地拍了拍。他们虽然不能顺畅地进行交流，但是，这种肢体语言足以让彼此心领神会。

突然，一阵急促的蜂鸣声从 A3 的口袋里传出。

A2 直接通过量子卫星电话给 A3 发来绝密信息：

据可靠信息，奥密伽 7 星人将采取极端手段惩罚人类，其中包括删改人类记忆功能。至于他们采取什么样的极端毁灭性手段，什么时间实施，有待跟踪调查。这段时间内，你们必须利用金字塔密切监测外太空的所有信息。

看完信息，A3 顿时觉得刚才与凯恩教授的沟通太重要了。现在看来，在金字塔内清晰地接收到来自外太空的信息，包括监控奥密伽 7 星人的一举一动，还需要凯恩教授、他的团队和他的上级全力配合。

A3 不敢怠慢，立即把纪国红叫来："国红，情况紧急，你立即通知中埃双方全体人员召开紧急会议。"

看到 A3 神色变得凝重而焦躁，凯恩教授无奈地耸耸肩。

中方破译的信息，绝非空穴来风。

奥密伽 7 星球安全总部。

自从按照汉娜的指示，埃它释放了彼德和伊娃后，各部门的警情不断，且有不断恶化的趋势。

代尔他报告，他主管的终端数据库已经接近崩溃，导致控制人类记忆的核心机密文件的超级软件出现漏洞。

后勤安全监察部泽它报告，终端数据库控制软件的漏洞引发了一系列连锁反应，部分淡水制备、供电系统设备瘫痪，其原因就是人类智慧能源被彼德反向消耗，导致奥密伽 7 星球能源短缺。所有设备处于怠速运转状态之后，恶化速度超出他们的预计。

四面楚歌的西格玛立即下令，安全系统所有部门负责人到他的办公室商讨对策。然而，几乎在同一时间，法相汉娜也要求各部门首领参加她主持的六星级安全会议。

六星级安全会议，是奥密伽 7 星球最高级别的战备会议，由法相汉娜主持，奥密伽 7 星球各部门首领出席。这场高级别的会议将通过网络视频互动的方式，进行高效率沟通。

西格玛背后的巨型显示屏已经被强行切换成法相会议室的全屏模式，西格玛知趣地站在巨型屏幕前，准备聆听训诫。埃它心里清楚，这种高级别会议，他没有资格参加，于是带领一群属下站在门外待命。

巨型屏幕上，汉娜的脸上总是挂着慈祥祖母般的微笑，但是，她的语气却让与会者感到寒气彻骨。

“各位，我们刚才下了一步险棋。既然走险棋，就要敢于承担风险！”

听到汉娜的开场白，西格玛的脸上浮现出莫名的冷笑，又迅速恢复正常。他知道，所有与会者的每个举止，甚至每个面部表情，都会在汉娜面前的屏幕上一览无余。

他之所以冷笑，是笑汉娜出尔反尔，患得患失。要绑架彼德和伊娃的是她，放回他们的也是她。明知彼德在大量消耗奥密伽 7 星球的智慧能源，却放虎归山。现在能源警情不断，这个灾难完全是她自找的，她承担得起也得承担，承担不起也要承担。

就在西格玛幸灾乐祸之时，汉娜却豪气冲天地说道：“这几天，我们的能源警情接二连三出现，大家不要惊慌，这都是我意料之中的事情。罗他将军，把你的预警方案‘罗他 X－9’给大家通报一下。”

罗他是奥密伽 7 星球科研部的首领，也是将门之后，他的爷爷、父亲都是奥密伽 7 星球科研部的首领，他爷爷和汉娜还有不远不近的血缘关系。总之，他是汉娜得力的亲信之一。

屏幕右上角出现了罗他的头像。这位奥密伽 7 星球的少壮派，依仗显赫的家族势力，加上自己拥有的黑科技实力，根本不把汉娜以下的人放在眼里。他春风得意地伸出左手弯曲的食指，象征性地向各位首领致意后，画面从右上角切换成全屏，他开始陈述“罗他 X－9”预

警方案。

“各位，正如大家所见所闻，地球上的生灵变得越来越难以控制。尤其在彼德自动破解人类记忆遗传基因密码之后，我们的麻烦就接连不断地出现。英明的汉娜法相决定，借此机会，在太空中重新寻求适合生命存在的星球，以拓展奥密伽 7 星人的能源空间。为此，我们科研部受命，利用最新研发的科研成果，对地球上的人类记忆与智慧实行更加严厉的管控措施。这，就是我们最新拟定的‘罗他 X－9’预警方案。具体说来，这个预警方案会将人类记忆与智慧积累的原有时长，由地球时间 100 年，改为地球时间一天，也就是他们储存的记忆与智慧最多只有地球时间的 24 小时。无论人类的智慧一天之内向前发展多少，在最后一秒钟都会自动清零。”

“且慢！”西格玛通过视频右上角的窗口发出叫停。

这种视频会议，与会者随时都可以插入信号进行互动。论职位级别，罗他与西格玛平级，但是西格玛的资历要比罗他深得多，人脉也广得多。

在汉娜主持的六星级安全会议上，他当着汉娜的面阻止罗他，也足以说明罗他的论述伤及了奥密伽 7 星球大部分人的利益。

西格玛顾不上长者风范，激动地喊道：“罗他将军，我想问问，你这么做，奥密伽 7 星人需要的智慧能源从哪里来？按照你的‘罗他 X－9’预警方案，人类的大脑

将无法完成智慧积累，我们的智慧能源也就无从谈起。如果我没有理解错的话，这个计划实施后，人类每天只能听取某种指令，按照这个指令完成某种任务，然后，所有的记忆与智慧都将归零。第二天，他们再按照某种指令执行，完成新的任务。一句话，人类从此将沦落为某种工具，或者说，他们已经彻底丧失了积累智慧的能力。"

"您的理解完全正确!"罗他趾高气扬地回应，语气中充满嘲弄。

西格玛不动声色地说："你们无法弥补植入人类体内的记忆遗传程序的漏洞，所以就采取这种简单、粗暴的手段，对吗？你出身名门，应该考虑一下宇宙霸主应有的风范。我最后还想问一句，奥密伽 7 星人赖以生存的智慧能源从哪来?"

罗他有恃无恐地反驳道："您多虑了。刚才我在陈述中已经讲过，英明伟大的法相汉娜已经有了在太空中重新拓展新智慧能源的计划。"

西格玛的声音一下子提高八度："你们究竟选择哪个星球作为新智慧能源孕育基地？如果没有选好，你就讲讲一旦我们智慧能源告罄之后，将面临什么!"

汉娜不希望在自己主持的六星级安全会议上，两位部门首领吵得不可开交，闹得大家不欢而散。她推开右上角的小视窗说道："西格玛先生，您对奥密伽 7 星球赤

胆忠心，其情怀与忠诚堪称楷模。现在我告诉您，您担心的事情我们早已考虑到了，请您静下心来，让年轻人把话说完。罗他，继续陈述‘罗他 X－9’预警方案！”

“‘罗他 X－9’预警方案，已经对智慧能源枯竭风险进行了规避并做出了预案，具体分为两步进行。第一步，同时推进两个计划，一个是给终端数据库的修复和补漏工作预留两天时间，另一个是太空拓展部已经派出几十路特使，在太空中寻求适合生命生存的星球，目前，已经发现了 9 个，经过最终的筛选和甄别，再报请女皇裁定；第二步，如果维修、更新工作不能顺利完成，我们才会对人类采取改写记忆时长行动。”

这个计划看似无懈可击，但根本没有解决奥密伽 7 星人急需的智慧能源问题。西格玛愠怒之下，直接向汉娜发难：“听起来好像是一个完美的计划！请问汉娜法相，我们每分钟都需要智慧能源，寻找新星球培育新能源，不是一两分钟就能完成的，这里存在着很多未知的风险，您为什么要固执已见地走这步险棋呢？”

汉娜说：“西格玛，我知道你一直在质疑我为什么放走消耗智慧能源的彼德。今天，我当着各位的面，给你们透个底。你们有没有考虑过，即使找到了适合生命生存的新星球，我们总不能再将类似人类那样的劣等生灵移植过去吧？事实证明，我们在地球上培植的人类是失败的。他们的科技进步，已经让他们只会被动接受，

不再愿意思考。相互复制、彼此抄袭，不断地欺骗、包装，毫无智慧可言。赵氏家族经过四代人不间断地修行，致使彼德自动破解了我们设置在人类体内的记忆遗传基因密码。我们也知道，这是这个程序的基本属性，是靠技术解决不了的问题。但是，人类有一句名言，叫作“失之东隅收之桑榆”。彼德的出现，也为我们筛选他那样的优秀物种打开了一扇窗口。

“人类越来越不相信个人修行，彼德是亿万分之一概率的优秀物种，可以说前无古人后无来者，我们没有理由让他消亡。恰恰相反，我们应该为像他这样的优秀物种提供一个原生态的环境，延续和提纯他的优秀基因，然后大批复制衍生。这就是我们英明女皇高瞻远瞩的战略考虑！”

“哼，纸上谈兵！”西格玛反唇相讥，根本顾及不了这是法相汉娜主持的六星级安全会议了，“别说他们已经回到地球，在我们控制的审讯室里，他们配合我们吗？别忘了，这两个孩子已经受过奥密伽 7 星球优质太空环境的熏陶和浸染，早已成为具有高级智能的人，我们还有把握将他们置于掌控之中吗？”

“他们已经难以掌控了？哈哈！”听完西格玛的质问，汉娜罕见地发出令人毛骨悚然的笑声，令所有与会者感觉背后出现阵阵彻骨寒气。

“西格玛，因为涉及更深层次的机密，我只能说你

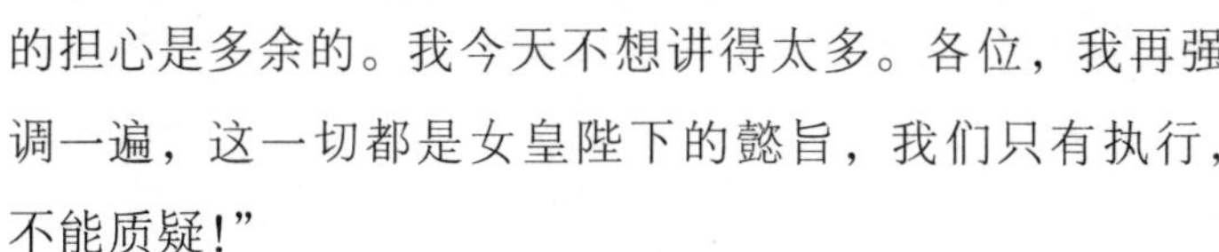

的担心是多余的。我今天不想讲得太多。各位，我再强调一遍，这一切都是女皇陛下的懿旨，我们只有执行，不能质疑！”

汉娜挟天子以令诸侯，见没有人说话，她继续说道：“各位首领，罗他已经向你们简要地介绍了我们寻找太空新基地的计划，这是奥密伽 7 星球的最高机密，请各位按照六星加密措施做好保密工作。西格玛，最近您的安保工作将会特别繁重，我真诚地希望您在关键时刻顶得住，再现当年雄风，为其他首领做出榜样！”

汉娜以退为进，特意点了西格玛的名后，宣布会议结束。

巨型屏幕按照 N 个参会部门的数量，切换成 N 个窗口，每个窗口都出现了每个部门首领举起左手弯曲的食指，表示坚决服从的画面。

画面中，西格玛也极不情愿地举起了左手弯曲的食指。

第七十四章　三家联手

埃及，胡夫金字塔旁凯恩教授办公帐篷内。

A3 获悉奥密伽 7 星人准备删改人类记忆时长的消息后，没有立即告知凯恩教授，担心这条恐怖的信息再次让他畏葸不前。

A3 整理一下情绪，尽量不让这种危情在团队中蔓延，但是，他越想越觉得害怕。

如果奥密伽 7 星人一旦删改人类的记忆时长，所有人不都将成为行尸走肉了吗？如果他们进一步控制，人类就成为可供他们驱使的工具。

“大觉计划”的核心任务是，复制彼德体内已经破解人类记忆遗传基因密码的基因，植入正在研发的大脑智慧芯片中，从而改变人类积累知识的方式，对人类智慧进行彻底地继承，减少人类学习之苦。

难道，人类这个计划触及了奥密伽7星人的忍受底线，以至于他们对人类下此狠手？

知此知彼，百战不殆。即便奥密伽7星人的能力再强大，作为科研人员，也不应该坐以待毙，眼睁睁地看着人类一下子都成为无知无觉之人。

现在，他们能做的，就是利用金字塔这个特殊的工具，截获更多来自奥密伽7星球的信息，破译他们的语言，洞悉他们的行动战略，然后再进行防御或者反击。

危机迫在眉睫，所有人都应该站出来，参与首次空天大战中来。想到这里，A3觉得必须把这个恐怖消息告诉凯恩教授和他的团队，并由他转告埃及最高权力机构，动用举国力量，再联合其他国家的科研机构，共同应对这场决定人类生死存亡的灾难。

美国五角大楼地下三层“火狐计划”指挥中心。

“猎鹰”作为“火狐计划”负责人，这两天一直被沮丧、愤懑的情绪裹挟着。杰克最后抛下的“背后更为强大的对手”那句话，一直在他脑海中萦绕，久久挥之不去。

他回想自己接手“火狐计划”以来，从杰克在国际空间站截获秘密信号，到派遣安东尼、莉莉巧妙地接近赵亚文与依莎贝拉，再到利用彼德失踪案盗取赵亚文一家人生理样本，既环环相扣，又一招不让，但最后全部功败垂成。难道自己经营这么多年的安防系统一直被一股神秘力量左右，一直面对一个看不见的更强大的对手？

眼下，赵亚文一家人已经到了中国，难道自己眼睁睁地看着北京方面顺手摘桃？顿时，“猎鹰”感到一股热血直冲脑门。按照一贯的强硬作风，他甚至大胆设想亲自率队飞往上海，进入虎穴，捕获虎子！

“猎鹰”在办公室内焦躁不安地来回踱步时，可视门禁的蜂鸣声响了。

透过可视门禁，全副武装的门卫冲着探头立正、敬军礼：“报告将军，有一位女将军要向您面呈密件。”

画面中出现一位佩戴少将军衔、风姿绰约的中年女军官，她优雅地冲探头行了一个军礼，道：“将军阁下，我是FBI总部的吉茜卡，现冒昧前来，有一份绝密要件需面呈将军。”

吉茜卡说完，从公文包里拿出一个文件袋对准探头。

文件袋右上角“火狐计划”加密文件的统一标志映入“猎鹰”眼帘。看来这位不速之客一定大有来头。

“猎鹰”冷漠而简要地向门卫发出指令：“例行安检！”

门卫立即通过对讲机叫来一位身材矮胖的黑人女警卫。女警卫上下扫视一遍吉茜卡，颐指气使地将她带入安检通道。安检屏幕上立即一览无余地显示出她近乎完美的身材，凸凹有致的线条，并发出安全通过的绿色信号。

然而，女警卫按捺不住心中的羡慕嫉妒恨，要求吉茜卡散开发髻。面对比自己矮一头职位低许多的女警卫，吉茜卡还是摘下军帽，解开头发，让其摸索一遍后，才得以放行。

吉茜卡绾好发髻，戴上军帽，按照女警卫的指示，走向安检通道出口处的一位女少校。

“报告吉茜卡将军，我叫奥莉维亚，‘猎鹰’的特别助理，在此恭候您！”女少校给吉茜卡敬了一个标准的军礼。

看着眼前年轻干练、佩戴少校军衔、微笑中带着几分机警的奥莉维亚，吉茜卡落落大方地回应道：“很高兴认识你！”

奥莉维亚把吉茜卡带到“猎鹰”办公室门前。她轻轻敲了敲门，得到允许之后，她俩推门进去。

“猎鹰”坐在办公桌后，抬起头，看见走在奥莉维亚身后的是一位四十岁上下的吉茜卡。

“这么年轻就晋升少将？看来这位不请自来的女人一定大有来头。”“猎鹰”心里暗自琢磨。

奥莉维亚连忙把吉茜卡介绍给“猎鹰”：“这位是FBI的吉茜卡将军，她有一份紧急密件要当面交给您。”

“你好，‘猎鹰’！我是FBI旧金山分局局长吉茜卡，奉命与您一道去中国执行一项特殊任务。”吉茜卡开门见山地自我介绍后，立即简要地陈述来此的目的。

“猎鹰”听完吉茜卡的陈述，无数疑问顿时像一团乱麻缠在头上。

他作为“火狐计划”项目负责人，却从未见过上峰，他们向来都是通过特殊通道联系。今天上峰派来一位素不相识的人和他联系，还是第一次。

还有，这么重要的机密文件，怎么能让FBI旧金山分局局长送达？

更让他无法接受的是，上峰在他不知情也没有和他沟通的情况下，就派这位与他素昧平生的女人到陌生的国度合作，于情于理都说不通。

“猎鹰”不愧是情报高手，迅速地从若干个疑问中摘出一个最本质的问题：“你和我，到中国合作？”

吉茜卡微笑着向前迈了一步。这一步，让“猎鹰”感觉到他们已经超出了陌生异性之间应该保持的最佳社交距离。在如此近的距离内，与素未谋面的异性面对面，职业警惕性让他感觉很不自在，尽管吉茜卡身上散发着让男人无法抗拒的诱惑。

他下意识地向后退两步，不料吉茜卡立即跟进，用不容置疑的口吻，举着手中的文件说："更准确地说，是我和你们。合作的详细计划全部在这里，请您审阅。"

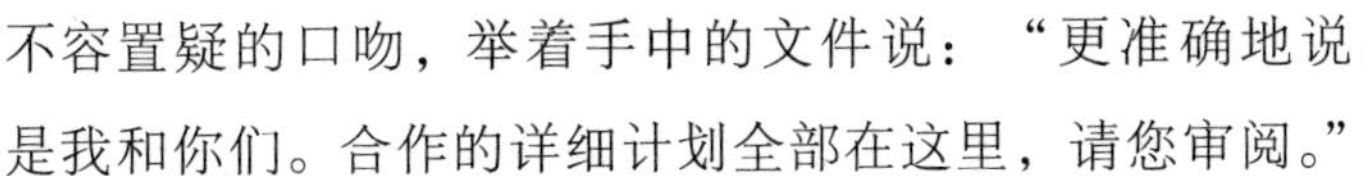

吉茜卡迅速从文件袋中拿出一份上级刚刚发来的紧急密件，这是密件的纸质回执单右上角印有一个醒目的红色狐狸。

"将军先生，请您审阅后，在这儿……"吉茜卡伸出纤纤玉手，指着文件的右下角，用近乎命令的语气说道，"签上您的名字，然后您就可以打开加密存储卡了解详细的行动计划了。"

已经很久没有人在"猎鹰"面前如此指手画脚了。

"猎鹰"极不情愿地瞥了吉茜卡一眼，目光正好与她娇媚的眼神碰撞在一起。刹那间，他的不满与桀骜顿时被融化，甘愿接受她的一切，包括命令。他拿起文件，走到办公桌后坐下，认真审阅。

随着这份文件一同送来的，还有一张内存高达数百T的高密度存储卡。这种电子版文件，如果采用通常的网络邮件发送，再怎么加密也难免造成泄密。"火狐"采取专人送达的方式，也是出于高度保密的考虑。

"猎鹰"签署后，打开密封套，将存储卡插入电脑，一行加粗的英文字母在电脑屏幕上闪动：

立即组团，飞往北京待命！

下面，是执行这次任务的具体步骤。

“是自己祈祷有了结果，还是自己的思路与上峰不谋而合？刚才想要亲自率队飞往中国，秘密命令就下来了。不过，上峰既然让自己组团，为什么还派来与自己从未合作过的 FBI 旧金山分局的小卒子？”

“猎鹰”转念一想，既然上峰能让她单独将如此重要的密件直接呈送给自己，想必此人也绝非等闲之辈。也许到北京之后，她能给他提供难以想象的帮助。

但他实在不知道，自己组团到北京待命，待的是什么命。

“猎鹰”不敢怠慢，命令奥莉维亚立即拟订具体行程，并通知杰克，当然也包括吉茜卡，马上启程，飞往北京。

埃及胡夫金字塔旁，凯恩教授办公帐篷内。

A3 接到 A2 指示，要他们返回北京，并命其邀请凯恩教授和助手一同前往，共同探讨空天大战的对策。

A3 立即向中埃双方科研组成员，传达了奥密伽 7 星人要攻击人类的消息，并与凯恩教授促膝长谈，代表“大觉计划”科研组正式邀请他一同赶赴北京。

“猎鹰”带领助理奥莉维亚、杰克和吉茜卡，准时出现在北京国际机场。中方派出专人专车，把他们护送

到北京西山。

由中国、美国和埃及三方专家参加的应对空天大战研讨会会场设在北京西山。

大觉寺西侧一个人迹罕至的山谷中，蜿蜒的山路尽头，就是一个军事重地。“大觉计划”科研组选择在这里召开中、美、埃三国专家联席研讨会，既考虑到内外有别，没有选择在地下的“巽坤厅”会议室进行，也考虑到国际专家的人身安全。

载着专家组的大巴车在军事重地门前停下，全副武装的警卫核查完车上每位专家的身份并通过安检后，他们才进入一条长长的滚动步行道，来到一个宽敞明亮的大厅前。

他们再次经过值勤警卫核查邀请函、身份证件以及指纹、虹膜数据后，被引领到一间能容纳几十人的中型会议室。

“猎鹰”跨进这间中型会议室，环顾四周，心中的疑虑再次增加。自从见到吉茜卡，无数疑问一直缠绕在他的脑海。

对于“猎鹰”而言，中国是完全陌生的国度。以他的特殊身份，两国都不可能让他随便出入。他对于北京的了解，仅限于美国某些媒体的宣传与报道。

下飞机后，他和奥莉维亚、杰克三人，就被动地跟随吉茜卡一路前行。联系中方负责人，确认他们的身份

与证件等琐事，统统由吉茜卡一手包办。

眼下，这个会场完全颠覆了他对北京的印象。难道这就是国际大都市北京吗？怎么看不到任何一个标志性建筑和北京市民生活的场景呢？这不就是一个山清水秀的风景区嘛！

在北京入境以后，“猎鹰”才知道，此行并不是上峰“委派”他组团前来，而是美方受到北京方面的正式邀请，“选派”他组团参加和“火狐计划”任务有关的重要会议。

北京方面怎么会了解绝密级的“火狐计划”呢？

带着无数疑问，“猎鹰”、奥莉维亚、杰克和吉茜卡一同在美方代表团的席位就座。

伊恩、萨曼莎与凯恩教授一起走入会场。A3 热情地迎上去，把他们引到埃及代表团的位置就座。

艾塞亚和纪国红等人，留在胡夫金字塔内，继续负责全天候监测和收录工作。

会场的气氛凝重得甚至让每个与会者感到窒息。

中方代表团成员，一改往日三三两两交头接耳低声私聊的习惯，每个人或正襟危坐，或低头看自己带来的资料。

服务员彬彬有礼地给每位嘉宾端茶倒水，帮助他们佩戴好同声传译耳机，并用他们的母语教授使用方法。

会场外，到处是身着黑色西服、戴墨镜、高大威猛

的年轻男子。他们冷峻的神情，让人望而生畏。

会场内，各路专家基本就位，耐心等待一位重要人物。

会议开始前一分钟，会议室前方一扇门打开，一位身着灰色中山装的老者缓步走出来。

所有嘉宾站起来，热烈鼓掌。

老者一边轻轻鼓掌，一边走到正中央位置站定，用威严的目光环视会场。

这位老者须发皆白，精神矍铄，应该在七十岁上下。但是，他挺拔的身姿和刚毅的脸部轮廓，却像刚过知天命的人。他站定后，双手下压，示意与会者落座，用充满磁性的声音说：“感谢美、埃专家不远万里来参加这个会议。因为情况紧迫，我方准备不周，还请各位多多包涵！”

老者说完，略微欠身，坐下后继续说道：“我是‘大觉计划’总负责人 A2，特别邀请美国和埃及专家参加这个史无前例的会议。与会人员名单上，有各位的照片和详细的介绍，在这里我就不一一介绍了。”

A2 说完，向坐在他右手边的吴岳点点头，表示致意后，眼光迅速扫了 A3 一眼，站起来继续说道：“各位设想一下，如果我们彻底失去记忆，世界会是什么样子呢？”

这句话像往平静湖面投下一块巨石，会场上立即引

起轩然大波。与会者有的震惊，有的错愕，有的相互低声讨论，甚至还有人没有意识到这是地球即将出现的毁灭性灾难。

A3 对此早有准备，不像其他人那样惊讶。但是，他也惊讶，因为他实在没有想到，在这段时间内，每天向他下达各种指令的人，竟然是一位如此冷漠的狠角色。

第七十五章 酝酿狠招

北京西山某军事基地，三国专家联席会议室。

“如果人类同时失去记忆，世界将是什么样子？”

A2 抛出这个话题后，用锐利的目光把所有与会者扫视一遍。会场顿时静得掉下一根针都能听得见。

他若有所思地清清嗓子，不等大家考虑清楚，继续说道：“各位，这绝对不假设，而是来自一份可靠的情报。”他缓慢地拿起面前的绝密文件，用手指重重地在上面敲了敲，用出奇低沉的语调说道，“这可能是我们无法回避的灾难。不是我们与天斗，而是天与我们斗。不管我们斗不斗得过，都得面对和承受，或者改变。给大家三分钟时间，想象一下，如果人类同时失去记忆，将会发生什么。”

有人沉思，有人讨论。冷峻的会场，一下子热闹起来。

如果这份情报属实，人类同时失去记忆，所有人将没有任何区别，都是一具会行走的植物人。

几千年来，人类创造的文明都将随风而逝。所有人都像刚出生的婴儿，身边的人、物都变得陌生，没有亲情，没有感知，没有思想，没有记忆，分不清敌人与朋友，分不清好与坏、脏与净，甚至分不清生与死。

更可怕的是，所有人都忘记了自己的职责和扮演的角色，一切都不受控制，一切都无法控制。

人类制造的大规模杀伤武器，随时都可能被人随意发射，分分钟就能把地球变成熊熊燃烧的火球。

被莫明其妙地派到陌生的北京，与一群陌生人在一起聊陌生话题的“猎鹰”，听完 A2 的讲述之后，他释然了。面对如此重大的灾难，地球上任何国家任何人，都没有资格心存侥幸，覆巢之下无完卵，人类必须马上放弃各种纷争，一致对外。

他将所能掌握的信息，在头脑里迅速整理一遍，认

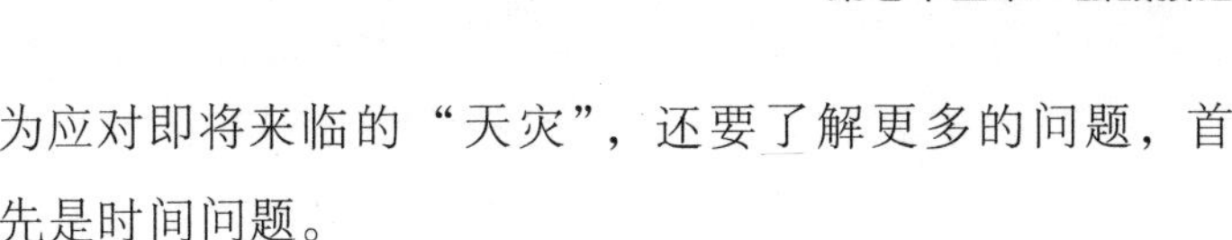

为应对即将来临的“天灾”，还要了解更多的问题，首先是时间问题。

他当即决定打断 A2，举手示意自己要发言。

看到美方首席代表举手，A2 绅士地冲他微笑点头，做出“请”的手势。

“尊敬的 A2 先生，有几个至关重要的时间节点，想请您透露一下。”

“猎鹰”用英语讲述几句后，发现 A2 没有佩戴同声传译耳机，犹豫一下，心想，“可能中国高级官员都配有专职翻译”，于是出于礼貌，停顿下来，等翻译将自己的提问翻译后，再接着讲。

“当然，这是在座各位都关心的问题。”A2 直接用英语回答“猎鹰”。

“猎鹰”见对方所讲的英语非常纯正，心里踏实了，接着问道：“据贵方破译的情报，这项足以毁灭人类的计划在什么时候开始实施呢？”

A2 用友善的目光看着美国军方“火狐计划”二号人物，缓缓说道：“接下来我就要和各位探讨这个问题。据我们最新破译的情报显示，这项毁灭人类的计划‘有可能’——我之所以说‘有可能’，是因为我们获取的这份情报，来自奥密伽 7 星球高层的一份会议纪要。这份会议纪要显示，他们还没有制订出正式的行动方案。当然，也有可能是我们在破译过程中，受到一些无法预

判的障碍，影响我们对这个计划实施进程的判断。但是，奥密伽 7 星人要采取的这个行动，是毋庸置疑的，只是迟早而已。”

“猎鹰”和其他与会者听到 A2 的回答，都没有提出质疑。

“您还想知道哪些时间节点？”A2 主动问“猎鹰”。

“如果人类大脑的记忆程序，真是奥密伽 7 星人设置，那么，他们实施新计划之后，将会把人类记忆程序的存储时长定为多少呢？”

A2 说：“最新破译的情报显示，奥密伽 7 星人原来将人类记忆程序的时长设定为 100 年。现在他们实施这项计划，就是想把人类的记忆程序的时长设定为一天。如果是这样，人类将无法继承先人的智慧遗产，也无法再创造任何文明，只能成为任由奥密伽 7 星人奴役的工具。每天通过他们指定的代理人，向人类发出各种工作指令，人类在 24 小时内完成他们的指令。第二天，再向头脑空空的人类发出工作指令，如此周而复始。”

A2 说罢，摇摇头，充满渴望的目光扫过所有与会者的脸，在“猎鹰”脸上停顿了一下。“猎鹰”和所有与会者一样，也被 A2 提供的信息震惊。他实在无法想象，一旦失去记忆，自己会成为什么样的人。

A2 说：“我们之所以要召开三国专家会议，目的就是整合各国资源，制订应急方案，同仇敌忾，联手拯救

地球，拯救人类。”

吴岳看出 A2 的意思，抛砖引玉地说道：“奥密伽 7 星人一直靠汲取人类智慧作为能源生存。一旦他们认为能源匮乏，就让地球上发生战争、瘟疫，造成人类大量死亡。因为人类的进化，可能要自动破解他们植入人类体内的记忆基因遗传密码，反向消耗他们的能源。因此，这场由能源引发的人天大战在所难免。对于他们即将制造的这场危及人类的重大灾难，我们宁可信其有，不可信其无。我们必须从最坏处着眼，向最好方向努力，不能被动挨打。”

“我想在座各位谁都不想成为会行走的植物人吧？现在奥密伽 7 星人得寸进尺，公开向人类宣战。我们别无选择，只能迎战。据刚才我们破译小组提供的最新情报，他们将在两天内，对人类实施这个计划！”A2 补充道。

“两天？”在座所有人都被突如其来的情报震惊。

A2 脸上微微露出一丝不易觉察的苦笑：“当然，这个两天，是奥密伽 7 星球时间，折算成地球时间，应该是二十多年。二十多年，看起来很长，但也是弹指一挥间。我们没有任何理由松懈，因为这是人类的大限！”

听说二十年后，奥密伽 7 星人才会对人类采取行动，让在场所有人稍稍松了口气。但作为科研人员，他们知道，凭借现在人类掌握的科研能力，二十年间能研究出

第十代战机，要阻止奥密伽 7 星人破坏或者更改他们编写的程序，难度可想而知。

一时间，整个会场陷入静默。

奥密伽 7 星球安全总部外星球安全警戒中心，西塔办公基地。

北京召开的这次高级别会议，也没能逃过他们的监控。只不过，他们只知其表，不知其里。

负责警戒外星球的西塔将军和行动总队队长埃它，一起严密监视着北京西山大觉寺山谷中的军事重地。他们面前的监视屏上，清晰地显示，A3 陪同“猎鹰”团队和凯恩教授团队，乘坐一辆大巴来到这里，所有人下车踏上那条滚动步行道，进入会议室后，屏幕上便出现一条条彩带，不见人影。

熟悉监控业务的西塔，头一次遇到这种情况。他对此感到非常费解，对埃它说道：“老——老兄，今天这台破机器是怎么啦？它也想欺负我们？”

西塔这句牢骚确有所指。自从汉娜召开六星级安全会议后，罗他似乎成为这颗星球的第二号人物，致使西格玛遭受冷落和不公。作为西格玛的孙子，西塔自然感觉不公平。

西塔话中的弦外之音，一下子将埃它一肚子不满情绪点燃。他和西塔为了制止彼德消耗奥密伽 7 星球的能

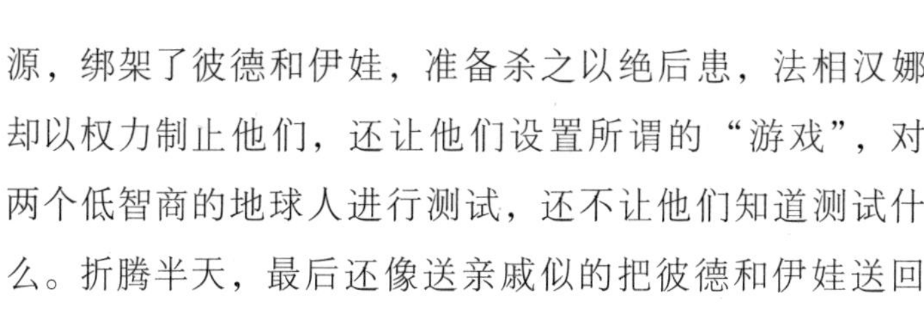

源，绑架了彼德和伊娃，准备杀之以绝后患，法相汉娜却以权力制止他们，还让他们设置所谓的“游戏”，对两个低智商的地球人进行测试，还不让他们知道测试什么。折腾半天，最后还像送亲戚似的把彼德和伊娃送回地球。

就算阴险的汉娜对彼德和伊娃另有安排，但是，为什么还对负责奥密伽7星球安全的负责人西格玛隐瞒呢？为什么像防备间谍一样，防备着西塔和埃它这样的实际执行人呢？

监视屏幕上的彩带不停闪烁，显然，监视跟踪信号受到了某种强烈干扰中断了。奥密伽7星人自诩无孔不入的监测手段，有史以来第一次碰壁了。

宇宙霸主是不可能允许这种事情发生的。埃它把所有仪器精心检查一遍，发现一切正常，才意识到问题严重了。

埃它头脑简单，这看似弱点，却往往在某些时候也会成优点。监控信号被莫名干扰，让他忘记了汉娜对他工作的限制和掣肘，用商量的口吻问满腹怨气的西塔：“哥们儿，咱们赶紧向老爷子报告吧。地球上的美国、埃及和中国高智商人都凑到一起去了，不知道要整啥幺蛾子。一个小屁孩儿就把咱们折腾得狼狈不堪，何况三个国家最聪明的人联手呢。”

“报告？报——报什么告？啊，我们觍着脸告诉他

老人家，地球上三个国家的高智商人联合起来，密谋对付我们，而我们宇宙霸主负责监控他们的负责人还不知道他们干什么?”西塔没有好气地反唇相讥。

埃它是工作狂，一旦无事可做，或者有事无法做，他就会浑身难受。

此刻，他既为上次的行动莫明其妙地被制止耿耿于怀，还想再立一件大功挣回面子，同时也为自己和西格玛长长脸。

埃它虽然看上去是一个头脑简单的粗人，其实，他是胆大心细很有想法的人。此刻，他已经在心中憋出一个狠招，想借助西塔之口和西格玛之威，达到自己的目的。

他满脸堆笑，似乎不在意西塔的讥讽，貌似自言自语地说：“西塔兄，那天法相汉娜说要‘删改人类记忆’，我咋觉得这事做起来有点悬呢!”

“悬——悬什么?”

“你想啊，罗他执行的这个方案，必须满足三个必要条件：一、必须修补我们终端数据库管理软件的漏洞；二、选择哪个星球培育新物种，汉娜必须呈报女皇批准。至于女皇批不批，那得看女皇的心情。女皇心情好的时候还真不多；三、即便选好合适的星球，那么在那个星球移植什么样的物种，这个未定。所以我说，咱们不能胡屠夫还没死，就断了吃猪肉的念想。”

埃它的一番分析，让西塔觉得眼前一亮。他没有想到，看上去粗糙的埃它，心思竟然如此缜密，考虑问题如此全面。他觉得自己没有看错这位搭档，未来与他联手，取代爷爷在奥密伽7星球上的角色，更有信心了。“接——接着说！”西塔不再颓废。

埃它明白西塔急于知道自己下一步的行动计划，也知道这哥们儿一激动，就结巴得特别厉害。这时候他没有时间也没心情挑逗他了。

“您别急，我接着说。我刚才说过，执行汉娜的‘删改人类记忆’行动，需要具备三个条件。我们不妨设想一下，如果这三个必要条件都具备了，谁去执行，如何执行？罗他只是吃软饭的马屁精，干啥啥不行，吃啥啥不剩，最后还得让我这个行动队长执行。与其这样，不如我们先在地球上选择一个小型区域进行样板试验。这样做，不但可以从试验中获得经验，还能给予那些不知天高地厚的地球人一个警示。用他们的话来说，叫杀鸡儆猴。一旦我们实验成功，就掌握了足够的话语权，免得让罗他靠耍口活儿处处占尽风头。”

埃它说出自己的想法后，指了指监控屏幕上不断闪烁的彩带，挑逗地对西塔说：“千万别小瞧被我们控制了五千多年的低智商人类，今天他们就让我们难堪了！”

奥密伽7星球内斗厉害，法相汉娜大权独揽，西塔现在按照西格玛的要求，韬光养晦，暗中蓄力。埃它的

大胆想法，具有可操作性，但是，智者千虑必有一失啊，万一搞砸了，授人以柄，西格玛家族几代人的荣誉便毁于一旦。小心驶得万年船，尤其在这个错综复杂的当口。

见西塔低头沉思，不明确表态，埃它觉得自己的表述不够清楚，又接着补充道："我们在地球上设置这块样板试验区，不仅具有警示效尤的作用，还对我们未来攫取智慧能源做战略考量。所以，这个区域最好设置在某个小岛上，而且岛上居民的文明程度、经济基础特别发达，才能有效地显示出那群可怜的人类，在记忆删改前后呈现的反差！"

"地球上还有这样的岛屿吗？"西塔问。

埃它在面前比画几下，他们眼前凭空出现了一个屏幕，屏幕上闪出一个地图。他指着地图说："这是地球上的西火奴鲁鲁岛，非常适合做我们的实验区。"

看来，埃它已经为此做足了功课。他又凭空比画几下，屏幕上显示出太空三维地图，在茫茫太空点击地球，再点击地球的太平洋，一块不起眼的区域随即出现在屏幕上。

埃它介绍道："这是一个毗邻西火奴鲁鲁岛西侧的独立小岛，位于北太平洋夏威夷群岛中瓦胡岛西南角。这个小岛原来是英属殖民地，地球时间 18 世纪初，当地土著人宣布独立，目前是一个独立的国家，面积不足三十平方公里，拥有一万多人口。

“这里一度号称人间天堂。生活在西火奴鲁鲁岛上的居民，大部分是印度人、日本人、马莱人、美拉尼西亚人和波利尼西亚人。他们凭借富饶的矿产资源，过着奢靡豪华的生活，但是，随着过量开采，管理不善，导致环境严重恶化，加上全岛财富基金的贬值，当地政府利用一些不寻常的渠道获得收入，因此，这里的赌博、制毒、卖淫交易盛行，使这里不仅成为富不仁者的销金窟，也是地球上避税天堂和洗钱中心。”

“让这些寄生虫式的人类失去记忆，一定很好玩，可以试一试!”西塔不等埃它讲完，就觉得他的选择完全正确。

埃它见西塔接受了自己的建议，立即与他联名向西格玛汇报。

在汇报中，西塔就汉娜提出的“删改人类记忆计划”中存在的问题以及弥补办法，向西格玛做了翔实的汇报。然后，他又建议，把这个样板行动纳入他的“西塔行动计划”中。

西格玛审阅完西塔和埃它呈送来的报告，心中窃喜：“孙子确实成长了！汉娜的“删改人类记忆计划”本来就是漏洞百出，更别说这个计划对于奥密伽 7 星人而言，还是杀敌一千、自损八百的糟糕计划。先在地球上小范围设置试验区，是非常有必要的。实验成功了，可以直接由自己的孙子西塔和亲信埃它执行，为奥密伽 7 星人

发现新能源立下首功，他们的前途不可限量；实验失败了，汉娜就必须放弃她痴人说梦的想法，乖乖地承认自己的无能，最好主动让出法相的宝座。

西格玛觉得实施这个计划，没有必要再请示汉娜。在几十亿人口的地球上，选择一万多人的地区做样板试验，本身就在安全部门的权限之内。想到此，他直接给西塔发去同意执行的指令，希望他和埃它择机启动。

第七十六章　观棋悟道

中国上海，赵笃甫家。

再过几天就是赵笃甫的百岁诞辰了，赵家最近一直很热闹。自从来到上海，伊娃对什么都感到新鲜。

这几天，小吴阿姨几乎天天都为他们准备不同馅心的饺子。在伊娃看来，中国的饺子简直堪称百变美食，猪肉韭菜、香菇鸡蛋、虾仁韭黄、芹菜羊肉、西葫芦牛肉、白菜鲅鱼……竟然可以用各种各样的肉与蔬菜组合，包出不同美味的饺子。不但可以煮、蒸，还可以煎，不同的方法都

会产生不同的口味。连饺子皮的颜色也是变化多端，不仅有传统的白色，还可以用不同的蔬菜汁或者水果汁，做成五彩缤纷的红色、黄色、绿色、紫色、黑色……

今天午餐，小吴阿姨又准备了一盘盘不同口味、不同色彩的饺子。看到桌子上神奇得超乎想象的饺子，伊娃用刚学会的蹩脚中文，哀求道："太爷爷、爷爷、奶奶、爹地、妈咪、莉莉姐姐、彼德哥哥，请你们等会儿吃吧！"

一群人诧异地看着伊娃，不知道她想干什么。

伊娃不知道接下来的话用中文怎么说了，磕磕绊绊地叨咕半天，大家还是一脸诧异，只好改用英语说："我算了算时差，爷爷现在应该还没有休息，能不能先让爷爷看看这么漂亮的中国饺子？"接着她又摇摇头，"可惜爷爷尝不到这种神奇美食了。"

彼德坐在赵笃甫身边，立即把伊娃的话翻译给他。在座的人，除了他，都精通英语。

赵笃甫听罢彼德的翻译，冲伊娃竖起大拇指："孝顺的孩子！"

伊娃见大家都支持她，迅速掏出手机，与美国旧金山的爷爷视频通话。视频接通了，伊娃把桌子上的饺子全方位展现，并逐一给爷爷介绍。

"中国的饺子真是太美了，简直就是艺术品啊！你这丫头可别贪吃，悠着点儿。"

“放心，爷爷，还有更好吃的呢，我会逐一品尝，一个都不会落下的！”

“你就知道吃！你和谁在一起啊？快让我看看彼德的爷爷，我的老伙计杰克赵（赵步蟾的英文名字）。”

伊娃将摄像头转向赵步蟾。赵步蟾在视频中看到老朋友卢克，很激动，连忙用英文问候：“嘿，哥们儿，你好！好长时间没有见到你，看起来你还是老样子，挺精神，就是须发有些白喽！你什么时候来中国，我陪你去你想去的任何地方，呵呵！”

“哦，谢谢你，我很好。听说令尊大人百岁生日，请代我向他老人家问好，祝他生日快乐！”

伊娃立即把摄像头对准赵笃甫。

看到卢克灰白的须发，赵笃甫笑呵呵地向卢克问候，同时转向赵步蟾问道：“步蟾，他就是你时常提起的，在美国经常陪你钓鱼的老朋友啊？”

赵步蟾马上把赵笃甫的话翻译成英语，转告卢克。

卢克哈哈大笑，连忙点头，却不停地摆手。

赵步蟾知道赵笃甫不经意的话，勾起了卢克的回忆，让他想起了他们在一起的那段快乐时光。那段时间，他们像年轻人一样，做了好多糗事。只要想起那些事，卢克就想笑。

他连忙岔开话题：“老朋友，有机会来上海吧，我们这里有海，有江，有河，有湖，我们一起钓个痛快。

比赛如何？一美元一条鱼！”

“好的，不见不散！”视频中的卢克举起右手，做个“OK”的手势，接着说道，“伊娃，一定要谢谢彼德一家人。你们快去吃饺子吧，听说那东西凉了不好吃。”

赵笃甫的百岁华诞寿宴已经由精明能干的袁主任一手包办了。这几天，赵步蟾就在家里陪赵笃甫下棋聊天，其乐融融。

没想到，对中国象棋一窍不通的伊娃，把观看赵笃甫和赵步蟾对弈当成最吸引她的趣事。

每天下午，赵笃甫午睡醒来之后，赵步蟾就意识到自己即将迎接一场挑战——老父亲马上就会找他下象棋。他总先找借口到楼上或者是花园里暂时躲避一会儿，直到赵笃甫把棋子摆好了，拿起老帅把棋盘敲得“啪啪”作响，他才怯怯地出现在赵笃甫面前，装着没事人似的：“哦，您想下棋啊？都已经摆好了？好，好，我陪您下三盘。咱们可说好啊，不管谁输谁赢，只下三盘！”

赵步蟾棋艺不精，俗称“臭棋篓子”，下棋对他来说，是非常折磨身心的事儿，所以每次赵笃甫宣战，他总是躲躲藏藏羞于应战。但是出于孝心，陪老父亲打发时光，他只好顺水推舟地被动就范。

伊娃作为旁观者，见两位上了年纪的老人每天鏖战之前总要上演这场《捉放曹》，总觉得心头会涌起莫名的欢乐与温馨。有时，连棋子上的字都不认识的她，会

勇敢地帮赵步蟾挡枪，缠着赵笃甫教她下棋；有时看到赵笃甫拿着棋子敲棋盘，她假装四处寻找赵步蟾，连推带拉地将他“押”到棋桌前。

坐在棋桌前，她除了认识一个“马”之外，其他棋子根本不认识。尽管跟赵笃甫学过几回，也没有搞清楚中国象棋的对弈规则。

她之所以喜欢看两位老人坐在那里绞尽脑汁地对弈，一会儿沉思不语，一会儿自言自语。有时候两个人为了一步棋唇枪舌剑地争吵，一个“嬉笑怒骂”，一个唯唯诺诺，绝对是正宗的周瑜打黄盖。

她虽然听不明白两位老人在说什么，更不明白父子俩为什么“拌嘴”，但她看得出来，最终总是以赵笃甫大度与宽容，了结一桩桩“纠纷”后，再进入下盘缠斗。

对伊娃来说，与其说她在观棋、在观“战”，还不如说她在“看戏”，看这个两位老人、一对父子在智慧与愚拙、勇气与胆怯、宽容与严格之间进行的悄无声息的暗战。

如此充满亲情与“火药味儿”的趣事，让伊娃急迫地想学习汉语，学习中国象棋。

好在赵步蟾能说一口流利的英语，每当赵笃甫思考如何走下一步棋的时候，伊娃就会轻声询问赵步蟾，请他给她普及中国象棋的基本规则和常识，并悄悄用手机把每个棋子拍下来，再请赵笃甫告诉自己，这是什么汉

字，在象棋中扮演什么角色，然后用英文标注好……

当她了解了象棋的规则和常识之后，又乘机请赵步蟾讲解当时的棋局与形势。尽管赵步蟾棋艺不精，辅导伊娃还是绰绰有余的。

渐渐地，伊娃不仅对中国象棋产生了浓厚的兴趣，更从父子的对弈中，获得了一种新的人生感悟。如一位哲人所言，如果将棋局作为社会，每个人的性格特点、修养修为都在小小的棋盘上彰显出来。下棋虽然不是打仗，却是可以完全模拟双方心智的角逐。

伊娃隐约觉得，彼德身上就具有赵笃甫和赵步蟾的影子，尤其在性格、品格、素质、修养方面。比如，赵步蟾下棋时，明知自己棋力不如人，但是，他依然认真对待每步棋，并且落棋不悔。但是，他工科男的性格，在此体现得淋漓尽致。他往往局限于一兵一卒的得失，而忽略大局。

事实上，如果将一盘象棋比作一场战争的话，双方必须从战略大局出发最终赢得胜利考虑，过分计较一城一池得失，虽然会获得眼前局部的胜利，然而，最终将失去整个战场的战略主动权导致满盘皆输。

赵笃甫对待任何事情，都是一丝不苟，下棋也不例外。但受中医天人合一理念影响，他不动声色地布局，注重的是全盘大局，忽略一步一子得失。为了让赵步蟾有下棋的乐趣，有时故意露出破绽，让他杀得不亦乐乎，

最后再以微弱的优势，出其不意地给他致命一击。

经过和赵家人相处，伊娃觉察到，这绝对不是一家普通人。他们在日常生活中，举手投足中，处处体现出东方神秘文化的高深境界，淡泊、乐观、积极、善良、无争，等等。

赵家人的这些优点，似乎完全遗传给生于美国、长于美国的彼德。

看到高大帅气、儒雅绅士的彼德，伊娃内心就会闪现出一种异样的感觉。那种感觉一再提醒她，彼德不仅是她可以信任的玩伴、值得依赖的哥哥，还是她可以以命相托的终身伴侣。

在伊娃看来，依莎贝拉虽然是标准的美国女性，却有着东方女性的贤良淑德、温文尔雅、大方得体、善解人意、蕙质兰心。不论何人何事，她总会从对方的感受和心情切入，然后以对方非常舒服的方式提供帮助，看似举重若轻，轻描淡写，不刻意不经心，却能把事情处理得恰到好处。

赵亚文作为工科男，身上并没有世人眼中工科男死板、机械、教条的标签。他既有高瞻远瞩、纵览全局的特点，还善于睹微知著、毫分缕析，集帝、相、将才于一身。

彼德似乎也继承了依莎贝拉和赵亚文身上所有的优点，成为硬汉和暖男的综合体。

上次，他们一起被外星人绑架到太空，面对高智商的外星人一次次的刁难，彼德临危不惧，在谈笑之间把外星人把玩股掌之中，让他们最终化险为夷，平安归来。

正当赵家人的脸谱在伊娃脑海中逐一闪现之时，赵笃甫和赵步蟾又为一步棋打起“嘴仗”。两位老人风趣智慧的争吵，把伊娃的注意力拉回棋盘上。

她起身从赵步蟾身边走到赵笃甫身旁，一边亲昵地搂着赵笃甫撒娇，求他放过赵步蟾，一边用英语数落赵步蟾，冲他使眼色。

赵笃甫虽然听不懂伊娃在说什么，但是，从她说话的口气，他明显感觉到，她与自己联盟，共同对付对面的“对手”。他伸出右手，在伊娃肩头轻轻地拍了拍，示意她不要再攻击“对方”，专注看棋。

伊娃似乎明白了赵笃甫的意思，乖巧地依偎在他的身旁。

伊娃全神贯注地盯着棋盘，脑海里突然产生“放爷爷一马”的意想时，一团奇异的彩色气雾在她眼前飘浮起来。

一时间，伊娃的眼前呈现出一个巨大的古战场，身披红黑两色铠甲的将帅士兵隔岸对峙。她化身成为楚河汉界，每位将士都来到她面前，按照中国传统礼仪“拜见”她，同时用流畅的英语介绍自己的职位和职责。

仿佛就在瞬间，伊娃便认识了中国象棋中所有棋子

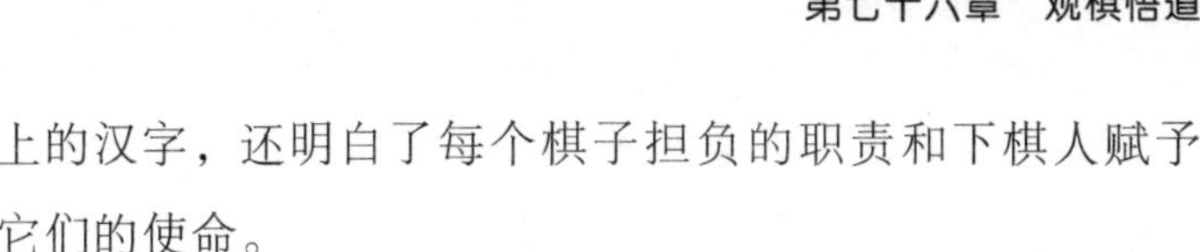

上的汉字，还明白了每个棋子担负的职责和下棋人赋予它们的使命。

她面前身后的红黑战队，似乎全部臣服于她，听候她的训令。她像一位出征前动员全军的元帅，把赵笃甫惯用的布局列阵之法，一一告诉将士。

马后炮、双炮闷宫、双车铁门栓、卧槽马、挂角马、海底捞月、卒车错……一旦这些象棋必杀绝技在伊娃脑海里清晰起来，让她越来越觉得中国象棋包含的无穷奥妙。

现在，她彻底理解了百岁高龄的赵笃甫，为何痴迷摆弄几个棋子。也懂得了赵步蟾屡战屡败，依然屡败屡战的原因。

彼德生来无所不知、无所不能，肯定是这家人代代遗传、代代精化的结果。西方人常说，三代才能培养出一个贵族，看来这句话是对的，在赵家人身上，得到了另一种演化。

“啪”，重重的棋子落盘的声音，再次把伊娃从冥想中拉回现实。原来，赵步蟾的“车”直捣黄龙，开始对赵笃甫的老帅叫杀。这么痛快地向对方发起致命一击，赵步蟾可是很久没有这么酣畅淋漓地快意恩仇了。

刚懂得一点棋技的伊娃，反复看了几分钟，觉得赵笃甫的棋确实无路可走，只能弃子投降时，没想到赵笃甫竟然使出“舍身踢”，用失去双车的代价化解危局。

让对方损失惨重，赵步蟾着实没有想到。他手执刚

刚俘获的双车，一边在棋桌上得意地有节奏地敲打，一边悄悄偷窥赵笃甫的尴尬和懊悔。

看到赵步蟾志在必得的样子，伊娃禁不住从赵笃甫那边移身到赵步蟾身边。她发现，即便棋局被动，赵笃甫依然镇定自若，不慌不忙，巧妙地把两个过河的卒子放到合适的位置上去。

过河的卒子，一旦占据有利的位置，杀伤力毫不逊色双车。瞬间，又轮到赵步蟾锁眉沉思了。

无论面对什么情况，彼德向来也像赵笃甫那样，举重若轻，淡定自如。伊娃似乎意识到，彼德之所以与同龄人不同，根本不可能仅靠他后天的努力。

奥密伽 7 星球安全总部。

处处被动的西格玛觉得身心疲惫，打算靠在椅子上眯一会儿。没想到警铃乍响，身后巨型屏幕右上角红色警灯不断闪烁，搅得他心神不宁。

他极不情愿地站起来，转身观望，只见屏幕右上角红色警灯下方的视窗内，西塔一脸惊恐地报告：“不——不好了!”

“天塌不下来，有事慢慢说!”西格玛知道西塔一旦着急，口吃会更严重。他假装镇定，耐心地劝慰。

西塔张了半天嘴，也没有说出两个字。

埃它立即替他汇报：“尊敬的西格玛先生，行动队

的网络彻底崩溃了！”

“彻底崩溃？什么叫彻底崩溃，详细说一下。”西格玛没有完全意识到行动队的网络彻底崩溃意味着什么。

埃它焦急地说：“所有情报系统、指挥系统、通信系统以及各类大规模杀伤性武器的控制系统全部瘫痪，就连向您汇报的专用通信系统也无法启动。我现在在西塔将军这里，借用他的专用汇报系统向您汇报。”

“行动队的网络系统彻底崩溃……”西格玛喃喃自语，“怎么可能？宇宙霸主行动队的指挥系统瘫痪，这是比天还大的笑话！”他问埃它，“你那里的系统瘫痪，就意味着我的所有行动指令，包括法相发出的最高级别的紧急行动指令，你都不能执行了？”

“我们已经接收不到任何指令，更谈不到执行了。”埃它说。

“其他部门的网络系统怎么样？”西格玛问西塔。

“目——目前，还——没有发现其——其他部门的网络系统出现麻烦。”西塔缓缓神，镇定下来，理顺思绪，向西格玛汇报。

西塔本想结合当下行动队网络系统出现的问题，向西格玛分析问题根源所在。但是，他看到愁眉不展的西格玛，心里一下子又乱了，结结巴巴说了半天，最后都忘记自己想说什么了。

“你先休息一会儿，让埃它汇报。”西格玛命令道。

不想抢西塔风头的埃它，看了看西塔。西塔抽了自己两个嘴巴，让出位置。

埃它非常镇定，表达非常清晰：“结合所有现象分析，导致奥密伽 7 星球安全总部行动队网络系统崩溃，不仅是能源匮乏所致，不然其他部门的网络系统也会崩溃。我们监控彼德时，与他的高能量的脑电波会产生对冲，但也消耗不了这么多。我和西塔判断，一定是高出若干几何级别的人类脑电波超级能量对冲所致。否则，像行动队如此完备的网络保护系统发出的能量波，一般低级别的能量波根本无法对抗，更别说在短时间内让我们所有网络系统瞬间瘫痪了。”

第七十七章　情定终身

奥密伽 7 星球安全总部。

奥密伽 7 星球安全总部行动队的网络系统遭到重创，埃它的分析不无道理。上次，他们将彼德绑架到奥密伽 7 星球，按照法相汉娜的指示与其周旋，尽管施尽手段，也没有达到法相汉娜的目的。

但是，他们也有收获。

行动队检测了彼德在奥密伽 7 星球期间各个阶段的大脑消耗能量，并制成图谱存档备案。

埃它找出这些图谱，对其逐一分析，

发现彼德在高度思考时，脑电波的峰值竟然比地球上普通人高出数万倍。事实上，地球上任何一个普通人脑电波的能量都可以抵达太空，只不过十分微弱。彼德释放的脑电波，不仅可以达到奥密伽 7 星球，甚至可以抵达银河系外。

如果某个星球使用电子设备对彼德的脑电波进行监控，两种电波就会产生对抗，产生能量消耗。哪一方消耗能量过大，往往会直接导致哪一方瘫痪。

然而，埃它经过演算推断，导致行动队网络系统瘫痪的罪魁祸首，绝对不是监控系统的电波与彼德脑电波能量对抗所致，因为这段时间，他们只对彼德的行动进行监控，彼德也没有做某种高消耗的思考，能量消耗问题可以忽略不计，他不可能导致行动队网络系统彻底崩溃。

究竟什么电波的能量比彼德高度思考时发出的脑电波能量还大呢？

西格玛听完埃它的分析，陷入沉思。他闭上眼睛，悄悄启动第四维度境界的能量后，隐隐觉得，导致行动总队网络系统崩溃的元凶一定与奥密伽 7 星人有关。当然，这一切都和地球上那个彼德有关。

“如果奥密珈 7 星人与人类勾结……”想到这里，西格玛不禁倒吸了一口凉气。

他不敢往下推理了。安全总部行动队接受不到任何

指令，就像聋人盲人一样，什么都干不了。当务之急，就是尽快修复行动总队的网络系统。否则，一旦出现任何异动，安全总部也照样成为白吃干饭的摆设。

更可怕的是，一旦恨自己不死的法相汉娜给自己发出指令，自己有令无法执行，必然授人以柄，她会在女皇面前给自己安排八百种惩罚措施。

“西塔，你配合埃它，想尽一切办法修复网络系统，同时你们也做好最坏的打算。我们现在启用原始沟通方式，命令行动总队所有队员，全天候集结待命。”

西塔、埃它立即举起左手弯曲的食指。

北京西山某军事重地。

由“大觉计划”科研组组织召开的三国专家联席会议已经进行一天，与会者就 A2 提出的警情，分别提出不同的应对策略。天色虽然已晚，他们还有若干个问题需要继续讨论。

A2 看看表，正打算宣布中止会议时，他的助理胡茜茜夹着一个红色文件夹神色凝重地走到他身边，把打开的文件夹放到他面前。

文件抬头，一行粗重的黑体字映入 A2 眼帘：

受强烈信号干扰，“候风灵动仪”处于瘫痪状态。

“‘候风灵动仪’瘫痪了?”A2 脸上顿时闪现一丝惊异，瞬间又恢复平静。不过，他的内心却像十万张推到的多米诺骨牌，产生一系列的连锁反应。

他知道，在这个时候，这绝对是一条最坏的消息，至少不能马上公布，以免扰乱人心。

“大觉计划”科研组，仰仗“候风灵动仪”这样的神器，与胡夫金字塔内检测仪器相互补充配合，第一时间获得奥密伽 7 星球的信息，转送给破译专家，为“大觉计划”科研组制定行动计划提供保证。

中国最先发现奥密伽 7 星球，最先破译奥密伽 7 星人语言，才有资格将三国专家联席会议定在北京召开。如果“候风灵动仪”成为一堆无用的废铁，“大觉计划”科研组便成为聋人和盲人，在三国中失去主导权事小，无法应对人类记忆功能被删改，才是最令他担忧的大事。

想到此，A2 决定暂时不公布这个消息。

他从胡茜茜手上接过笔，在文件上快速写道：“想尽一切办法抢修，并找出原因。”然后签上他的名字，挥手示意胡茜茜退下。

他抬起头环顾会场，发现所有人已经从他稍纵即逝的神色变化中读到了什么。他们相互之间没有交头接耳议论，均用期待的目光关注着他。

“刚才收到一条重要信息，还有待与埃及方面的监控结果放在一起，进行综合分析。”

A2 试图淡化自己的囧态，但是，这种毫无说服力的说辞，很难让这群经验丰富且高智商的专家信服。他转而呵呵一笑，指指腕上的手表道："人是铁，饭是钢。各位，咱们再敬业，也不能饿着肚子开会吧？休会，晚餐。"

趁与会者前往餐厅的间隙，A2 拦住 A3 和凯恩教授："二位，稍等。"

凯恩教授见中方首长主动与自己说话，连忙将刚刚摘下的同声传译耳机打开，戴在头上准备洗耳恭听。

"A3，凯恩教授，麻烦你们立即联系值守在金字塔内的负责人，检查监测设备运转是否正常。如果截获最新信息，请您马上告诉我结果。"

A3 知道 A2 在工作上向来雷厉风行，不敢怠慢，他在凯恩教授的肩头重重拍了拍，彼此交流一下眼神，点点头，分头联系在胡夫金字塔内值守的负责人。

上海，赵笃甫家中。

自从抵达上海，伊娃发现彼德却没有在美国时快乐，终日一个人坐在角落里，郁郁寡欢。每到黄昏时分，他总是怅然若失地在后面的庭院中独坐。尽管赵步蟾和赵笃甫在凉亭里激烈对弈，说相声似的争吵，伊娃在一边以无知者无畏的态度观战，一边"看热闹不嫌事儿大"积极参与。如此热闹的场景，似乎都不能引起他的兴趣。甚至，伊娃几次求助彼德，希望他担当翻译，协助自己

观战。彼德却以各种借口推脱，只想一个人静一静。

金秋时节，缕缕清风送来阵阵金桂的芳香，让彼德陶醉其中，久久不能自拔；隐约可闻的沪剧或者苏州评弹，街头小贩吴侬软语的叫卖声，常常令让他试图循声追去。

他似乎在接受祖父辈强大基因的同时，也接受了他们惆怅与烦恼的负面情绪。在大洋彼岸的美国，这些情绪可能藏在内心深处某个角落里，上海的秋风一下子把它们吹醒、激活。

天生活泼好动、性格外向的伊娃，绝对不会容忍儿时的玩伴变成与世绝缘的个体，更何况，她已经把彼德视为自己生命中的另一半，可以托付一切的生活战友。

伊娃问过彼德，为什么如此不快乐。

彼德也很痛苦，他也不知道为什么到了上海，内心深处沉睡多年的情绪一下子就被唤醒，总是不由自主地左右他的思维。后来，他解释说，他是赵家人唯一的继承人，来到赵家，就注定要继承赵家的一切。

一个阳光明媚的下午，赵笃甫照例和赵步蟾对弈，棋起棋落大战正酣，刚刚悟出一点中国象棋门道的伊娃看得如痴如醉。

赵步蟾举棋不定之时，伊娃转身看到彼德站在花园角落的一棵樱桃树下，默默不语地眺望远方。

伊娃放弃观战，悄悄走到彼德身边，把头依偎在他

肩上，关切地问道：“彼德哥哥，你又怎么了？你站在这里，已经有一个小时没动了。”

“伊娃，你说中国好，还是美国好?”彼德收回视线，深情地看着伊娃，亲昵地将她揽入怀中，王顾左右而言他。

“你为什么要这么问呢？我有选择恐惧症的。”伊娃不知道彼德为什么突然问她这个问题，转而笑道，“我记得有人说过，爱一个人，就会爱上一个城。引申一下，是不是爱上一个人，就会爱上一个国呢?”她把皮球又踢给彼德。

这个问题，伊娃已经盘算多日了。现在，彼德就是她的世界她的国，他在哪里，她就会在哪里，不论他选择留在中国还是返回美国。

伊娃见彼德没有回答，轻轻地在他脸颊上亲吻一下，附在他耳边悄悄地说：“我只想和你在一起。”说完，她脸上泛起羞赧的红晕。

此时，伊娃感觉眼前有一团彩色的气雾渐渐弥漫。

彩色气雾幻化成一座巨大的宫殿，穹顶之上，布满网状的沟回。她信步走入宫殿，高大通透的穹顶下面，环立一圈闪耀不同色彩的圆形拱门，每座拱门上面都镶嵌着一块金色汉字的匾额。

她看不懂匾额上的汉字，不知道拱门里面是否安全，进去以后能不能走出来。她犹豫着，在一个个门前徘徊

不定。

在一座绿色拱门前，伊娃停下脚步。她好奇地抬头细看，拱门门楣上爬满了美丽的青藤，青藤上点缀着些许紫色小花。

忽然，两扇厚重的大门缓缓打开，一股奇异的芳香沁人心脾。门里姹紫嫣红，郁郁葱葱。她刚想走进去，抑扬顿挫的《汤头歌诀》传到她的耳畔。

这不是彼德经常背诵的“催眠曲”吗？对于这种古汉语中夹杂大量奇怪的中草药名称的歌诀，她根本听不明白。但是，只要听到这个充满磁性的声音，她就会自然而然地进入甜美的梦乡。

彼德发现依偎在自己身旁的伊娃已经酣然入梦，顺手拿起刚刚脱下的夹克，轻轻地盖在她身上。

后天就是赵笃甫的百岁寿诞。

为了隆重而节俭地办好寿宴，袁主任和上海旅游委的李主任，还有专程从北京赶来的国家安全部门的卫局长，带领赵步蟾、赵亚文一家人到饭庄考察一遍，并敲定寿宴仪式程序、邀请宾客名单。

上海南京路，堪称是目前中国保留最完好的历史长廊之一。鳞次栉比的百年老店，把当年十里洋场的繁华完整保留下来，与现代国际都市的时尚交相辉映。

坐落在南京西路繁华地段的上海功德林，是江南知名的素菜馆，赵笃甫的百岁寿诞将在这里举行。

一行人在外滩下车后，袁主任建议："赵博士，您离开上海很多年了，上海变化很大，您就带着夫人和孩子逛逛这条世界知名的步行街吧。"

看到面前林立的现代化商场，各种国际大品牌的专卖店和古香古色的百年老店，让依莎贝拉、莉莉和伊娃兴奋不已。

喜欢逛街逛商场，是女人的天性，也是她们最惬意的事情。她们根本不征求赵亚文和彼德的意见，相互簇拥着，兴致勃勃地汇入滚滚人流之中。

突然，彼德像是发现了什么，紧走两步，一把拉住伊娃："等等，我带你去个地方。"他转身对袁主任和赵步蟾说，"袁阿姨，爷爷，对不起，我想陪伊娃去外滩转转。"

两位年轻人想去外滩，赵步蟾似乎看到了年轻时的自己。当年，他和妻子有时间就往外滩跑，并在那里留下许多美好的记忆，最后也是在那里情订终身。

赵亚文觉得袁主任专程陪着他一家人，彼德这时离开不太礼貌。他刚想回绝时，赵步蟾拍了拍他的肩头，有意帮彼德请假："让他俩去吧，宴会仪式的事，他俩也参与不上。"

他不等赵亚文同意，就对彼德说："你俩别走太远，一会儿回来我们在这里会合，不要让我们等太久。"

彼德离开父母的视线，仿佛变成了另外一个人，一

改近日忧心忡忡的状态，兴奋地拉着伊娃来到黄浦江边。

江上的游轮、货轮往来穿梭，时不时发出汽笛声，和江鸥的鸣叫声交织成一首首和谐的自然交响曲。

黄浦江的对岸是高端大气充满现代科技气息的浦东，地标性建筑东方明珠像一位亭亭玉立的东方美人伫立在岸边，微笑着迎接来自世界各地的宾朋。

他们脚下，是黄浦江边最佳的观景胜地，半人多高的水泥防洪堤坝，多年来已经被无数游客的手足蹭得光滑发亮。

这里是无数年轻人约会、畅诉衷情，甚至是情订终身的地方。

彼德下意识地拉着伊娃的手，沿着外滩的防洪堤向前走。他仿佛能看到，夜晚这里一对挨着一对的青年男女，伏在防洪堤上，零距离地谈着跟他们有关或无关的话题，进而拉近两颗心的距离。

一截截当年锚固船舶缆绳的水泥桩，下部因为缆绳或铁链常年缠绕，磨出一道道浅沟。虽然它们现在已经退出历史舞台，还是被外滩设计者别具匠心地保留下来。这是历史文物，上海滩兴衰的见证。

彼德站在多次在梦中见到的那根水泥桩前，弯下腰，深情地抚摸着虽然没有生命，却承载着无数男女海誓山盟的圣物。

伊娃看着彼德怪异的举止，感到不可思议。

彼德告诉她，他又想起一段美好的过往：“这里就是我爷爷和我奶奶定情的地方。在他们年轻的时候，上海人居住条件还比较差，通常一家三代人挤在十几平方米的单间里。年轻人想有个独立、私密的空间谈情说爱很不容易。这里，就成为年轻人约会谈情的首选。”

那根光秃矮壮的水泥桩，顿时在伊娃眼中变得无比神圣。她也学着彼德那样，弯下腰轻轻抚摸。

他们围着水泥桩，弯腰凝视，脸部挨得很近，彼此可以感受到对方的气息。彼德甚至可以感受到伊娃额前金黄色的鬈发，在轻轻撩拨着自己的额头。

回想起他们被莫名绑架到外太空，伊娃被外星人被押入神秘的空间里受尽折磨。那些貌似毫无感情的外星人，用高科技手段再现人生每个阶段的画面，向他展示了伊娃年华消逝、老年凄凉的画面。

从那一刻起，7 岁的他就意识到，一辈子看似很长，其实很多东西不珍惜，就会转眼错过，再也等不来。伊娃生来就是自己生命的一部分，把她交给谁自己都不会放心，从今往后一定要照顾她一辈子。

情到深处难自已，置身在爷爷和奶奶定情的地方，彼德忘情地搂住伊娃，在她冰凉的嘴唇上深情地吻了一下。

彼德突如其来的一吻，其实伊娃已经等待很久了，只是没想到会来得如此突然，她似乎没有任何准备，但

她还是放下所有防备，坦然全部接受了，并深情地挽留。

她隐藏在骨髓里的爱情烈焰，仿佛被彼德的深吻点燃，在她体内熊熊燃烧，烧得她浑身战抖。她忘情地伸出手臂，紧紧挽住彼德的脖子，热烈地回应着、感受着，好像身边的世界一下子消失了，只剩下为对方强烈跳动的心脏。

“我要嫁给你!”伊娃终于将这句深藏内心深处、设计无数种表达方式的独白，勇敢地向朝思暮想的人倾吐出来。

心仪已久的女孩炽热而坦诚的表白，像一场清新的甘霖，荡涤了一直笼罩在彼德心头的阴霾。他再次捧起伊娃俊俏的脸庞，看到她蓝色的眼眸中已经噙满了泪水。

他慢慢地将嘴唇贴近伊娃，在蓝色的双眸上方轻轻地吻了一下又一下：“把心交给我吧，让我照顾你一辈子。”他哽噎着说道。

精明的卖花姑娘凭借她常年在这一带推销积累下的经验，早就注意到这一对初次表白的情侣。她见他们拥吻完毕，不失时机地走过来，递过一枝玫瑰，对彼德说：“先生，姐姐这么漂亮，送她来一枝花吧，才 10 块人民币。”

彼德循声望去，看见一支芳香的红玫瑰递到自己面前。他摸摸口袋，竟然没有一分钱人民币，不过有几张美元。他拿在手中，迟疑着，不知道怎么说。卖花姑娘

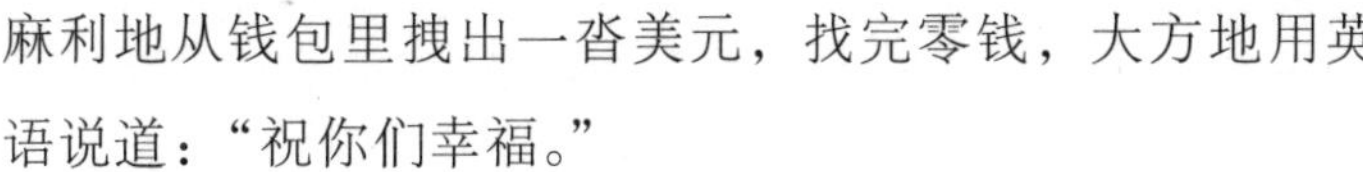

麻利地从钱包里拽出一沓美元，找完零钱，大方地用英语说道："祝你们幸福。"

彼德拿着玫瑰，在伊娃眼前晃了晃，调皮地转身跑了。

伊娃高喊："送给我的花！"她拔腿就追。

彼德突然停下转身，和匆匆追来的伊娃撞个满怀。他们就势紧紧地拥抱在一起。

彼德明显地感觉到伊娃丰满的胸脯快速地起伏着，像小山羊似的撞着自己的胸部。

伊娃轻举拳头，嗔怪地敲打着彼德。趁彼德闪身时，她一把抢过玫瑰，放在鼻子下面贪婪地嗅着。

第七十八章　埃它试手

北京西山某军事重地。

“大觉计划”科研组负责人 A2 主持的三国专家联席会议整整开了一天，各位专家各抒己见，仍旧没有达成有效可行的办法。

这时候，A2 又收到一份关于“候风灵动仪”瘫痪的报告。他想暂时压下这个糟糕的消息，宣布休会。

这样做，一则让 A3 和凯恩教授有时间询问胡夫金字塔内的监测设备的运行情况；再者，也到了与会者吃晚餐的时候。

看到A2坐在桌前沉思不语，中方专家意识到情况不妙，谁都没有起身，但也不敢直接询问。

A2见自己的负面情绪波及各位专家，不得不再次用命令的口吻说道："各位，时间紧迫，奥密伽7星人留给我们的时间不多了。效率就是生命，你们马上跟随服务人员到B座楼下就餐。一个小时后，我们继续讨论。"

A2最后走出会议室，在通道里迎面碰到几位美国专家。他们在西餐厅简单用完餐，再次回到会议室。看来，他们不想在饭桌上浪费时间。

A2和美国专家点头而过，在电梯口，他看见A3和凯恩教授突然从电梯里神色慌张地走出来。看他们的表情，他顿时意识到，金字塔的情况肯定不妙。

刚才，A3打通了在金字塔值守的中方负责人纪国红的电话。

纪国红接到A3的电话，惊呼道："谢天谢地，你终于来电话了，我这里出现特级警情。我一直给你发送信息，就是死活没回复，急死我了。"

A3说："我正在参加一个重要会议，会场大概被量子保密系统屏蔽，无法接到信息。你们遇到了什么麻烦，赶紧说。"

"今天下午，墓道内的7台监测仪器突然爆表，全部瘫痪！"

"全部瘫痪？"

A3 听罢万分惊诧，他绝对没有想到墓道内的仪器竟然和“候风灵动仪”在同一时间瘫痪。

纪国红见 A3 没有回应，继续说道：“这段时期，安置在墓道内的监测仪器原本数量就不多，现在勉强能进行检测工作的只有一台。这台幸免于难的，还是上次我们七拼八凑修复的声音频谱记录仪。也幸亏剩下这台顽强的仪器，收到了最后一份监测信息，已经加密发送到您的量子接收终端了。”

A3 与纪国红用中文讲话，凯恩教授虽然近在咫尺，却半句也听不懂。不过他从 A3 越来越凝重的表情判断，家里情况不妙。他眼巴巴地望着 A3，希望通话尽快结束。

A3 急于想向 A2 汇报，根本没有时间向凯恩教授解释。他们刚走出电梯，正好迎面碰到 A2。

听完 A3 的简短汇报，A2 的心头又压上一块沉重的石头。中方专家依仗的“候风灵动仪”刚刚崩溃，金字塔内的监测设备又全部瘫痪。在这个紧要关头，三国与会专家岂不成了盲人和聋人，还讨论什么呢？

A2 没有慌乱，邀请 A3 和凯恩教授陪自己用餐。

一个小时后，与会人员陆陆续续返回会议室。

A2、A3 和凯恩教授匆匆填饱肚子，也赶回会场。

A2 在会议桌前刚刚坐定，助理胡茜茜又送来一份破译信息。

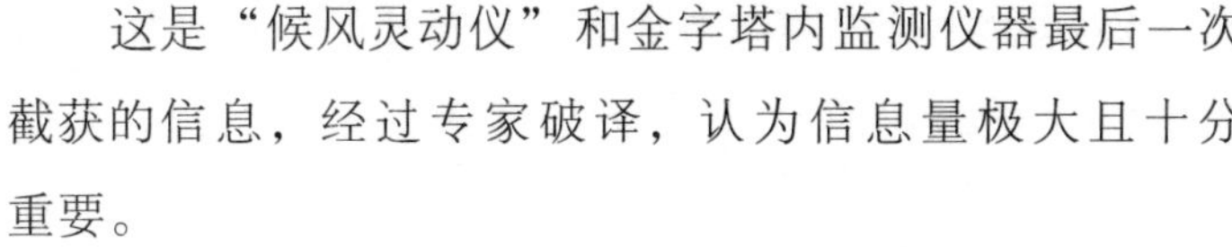

这是“候风灵动仪”和金字塔内监测仪器最后一次截获的信息，经过专家破译，认为信息量极大且十分重要。

A2 迅速浏览一下报告内容，信息量确实很大，不知道深层次解读后，得到的是祸还是福。

A2 经过反复掂量，决定暂时不公开“候风灵动仪”和金字塔墓道内监测设备陷入瘫痪状态的消息。他手上这份刚刚破译的信息，必须马上和在座各位专家分享。

他开门见山地说道：“各位，我们刚刚破译一份来自奥密伽 7 星球的信息。据悉，对于‘删改人类记忆时长’计划，奥密伽 7 星人内部存在着两种不同意见，目前还在争论。毕竟在很大程度上，他们也依赖人类的智慧作为能源。执行这项计划后，究竟对他们自身有何利弊，肯定要再三权衡评估的。因此，各位关心这项计划启动的时间，应该还没有明确的结果。”

与会专家听到这个消息，反应各异。

吴岳分析道：“奥密伽 7 星人，是宇宙中智慧等级最高的物种，他们的文明程度，我们无法想象。我认为，即便他们内部在此问题上出现分歧，但执行这个计划是早晚的事情，毕竟人类对他们的智慧能源反向消耗，已经达到不得不重视的地步。我们不能寄希望于他们放弃，而应该从最坏处着想，制定应对最坏结果的对策。我还是那句话，宁可信其有，不可信其无。”

A3 接着吴岳的话茬儿说："我对此信息也不持乐观态度。吴老说得没错，奥密伽星 7 人是宇宙中智慧和文明程度最高的物种，他们的科研能力我们无法想象。他们既然已经制定'删改人类记忆时长'计划，也知道这个计划可能危及他们的利益，难道他们就不会制定相应的预案？这个预案会不会是一个更加残酷的毁灭人类的计划？"

"猎鹰"仔细听完两位的分析后说道："与其说这份破译的警情是个好消息，还不如说是一个更加耐人寻味的坏消息。

"首先，这份情报再次证实前几份"删改人类记忆时长"计划的真实性；其次，尽管这份情报提到了奥密伽 7 星人内部对此计划产生分歧，但是，正如中方两位专家分析那样，他们是否会对人类采取更加严厉的毁灭手段呢？我们真的不能掉以轻心！"

直到这一刻，"猎鹰"才完全明白，为什么中国"大觉计划"科研组主动邀请自己组团参加这个国际科研研讨会。这些来自奥密伽 7 星球的警情，美国还没有掌握。要不是中方愿意分享，美国科研专家还在做着大批复制彼德的美梦。人类面临如此毁灭性的灾难，地球上任何国家凭借现有的科学技术，都不可能独善其身。美国复制彼德的美梦，估计都做不到天亮。

吉茜卡见各位专家都无私地从正面阐述自己对此条

情报的见解，她却反其道思考：

“我刚才一直在想，人类和奥密伽 7 星人最起码和平共处了五千多年，是什么原因导致他们突然要对人类采取如此过激的行动呢？而且，这种行动还损害他们自身的利益。我想，他们既然要对人类记忆功能采取措施，必然是人类在这方面伤及了他们的利益。结合各方面的情报分析，只有美国号称记忆神童的彼德的智慧和记忆能力，达到了让人不可思议的地步。既然如此，我们将彼德交由他们处置，不就拯救人类了吗？”

她的建议，一石激起千层浪。牺牲彼德，换来人类的安全，听起来有点冷血，不近人情，但是两害相权取其轻，一边是一个人的牺牲，一边是全球几十亿人的安危，相信地球上任何人都会做出这样的抉择。

“我反对！”凯恩教授第一个站起来。

中埃双方为了监测奥密伽 7 星人控制人类的信息，已经让两位才华横溢年轻人付出了生命的代价，奥密伽 7 星人并没有因此收敛，还进一步侵犯人类的利益。把彼德这样聪明智慧的孩子送到贪婪的奥密伽 7 星人手里，乃是自断臂膀的愚蠢行为。

凯恩教授说：“我认为，奥密伽 7 星人的目的远不止让我们交出彼德这么简单。首先，如果他们只想获取彼德的话，就不会在绑架他以后再送回地球。他们获得彼德，如探囊取物一样容易，甚至没有必要跟我们打招呼，所以，他们以删改人类记忆时长跟我们交易的判断，很难成立。”

A2 接受凯恩教授的分析，示意他继续讲下去。

“第二，如果奥密伽 7 星人的目的，是想法阻止彼德消耗他们的智慧能源，直接消灭彼德就可以，没必要把人类变成毫无智慧可言的低级动物，毕竟他们要靠人类生前积累的智慧生存。我认为，作为宇宙高等智慧生物的他们，之所以采取鱼死网破的行动，必然有其更深层次的考量。所以，我不同意将彼德作为筹码，换取人类暂时安宁的建议。事实上，这也是我们一厢情愿的幼稚想法。我觉得，我们应该着眼于吉茜卡女士提出的‘是什么原因导致奥密伽 7 星人采取有损自身利益的过激行动’。当然，我也希望能获取更多来自奥密伽 7 星球的信息，作为我们分析判断的依据。”

凯恩教授的分析得到所有人认可。

凯恩教授并没有因此感到开心，相反内心却充满沮丧和担忧。在座这些人当中，可能只有他和 A3 知道，安装在胡夫金字塔墓道内的监测仪器已经全部瘫痪，获取奥密伽 7 星球的信息已经是一句空谈。

吴岳听完凯恩教授的论述之后，接着说道：“弄清奥密伽 7 星人对人类宣战的真正原因，是解决问题的关键。因为凭借人类现有的科技水平，根本无法与他们抗衡。我们唯有找到病根，才能照方抓药，治病救人。”

“我反对在这个问题上浪费时间。”“猎鹰”的表达，依然是一贯的强硬，丝毫不顾及别人的感受。

A2 没有介意“猎鹰”毫不礼貌地打断吴岳。大战在即，平时的繁文缛节不值得一提。能提出实质性的解决办法的人，都是好同志。他示意“猎鹰”继续往下说。

“猎鹰”站起来大声说：“凯恩教授说得没错，我们的战力，和奥密伽 7 星人相比，根本不在同个层次上。我们必须明白一点，是他们要消灭我们，是他们选择了我们，而不是我们选择了他们。我们辛辛苦苦地找出他们宣战的原因，忍气吞声地满足他们一时之需，难道就能换来人类永久的安宁？我不相信。再者说，到目前为止，我们还不知道人类在什么地方触犯了他们的利益，但肯定不是人类中出现了一个彼德。如果按照吉茜卡女士的提议，把彼德交给奥密伽 7 星人就能换取人类所谓的平安，谁能保证，接下来不会出现更多的彼德呢？作为高智慧物种，奥密伽 7 星人不会连这个也想不到吧？到那时，他们再大动干戈地威胁我们一次？”

“猎鹰”的推理也有道理。

吴岳也认为，在座各位将精力集中在寻找人类犯错上，就像清政府在英法联军面前反思一样没有意义。奥密伽 7 星人要删改人类记忆时长，目的在于他们要获得更大的利益，而不是纠正人类的错误。

他想到这里，示意“猎鹰”继续讲下去。

得到吴岳的认可，“猎鹰”心里的底气更足了，他直接抛出了自己的建议：“综上所述，我认为，当务之急，我们必须拿出一套切实可行的应急方案，包括必要时向外太空移民。”

听到“猎鹰”这个直线形的建议，在座各位都笑出声来。

美国凭借自身强大的科技水平，一直再做向外太空移民的实验，但取得的效果甚微。到目前为止，还没有哪个国家在外太空找到一颗适合人类生存的星球。就算能找到，能移过去多少人？更何况，奥密伽 7 星人要打击的是所有人类，他们能允许人类存在漏网之鱼？作为宇宙霸主的他们，宇宙中所有星球都是他们的领地，无论人类到哪颗星球去，也都是在他们的眼皮底下嘛。

A2 也觉得“猎鹰”不着边际的“应急方案”可行性几乎为零。但是，不管怎么说，“猎鹰”坚持眼下先拿出应急方案的思路是对的。在没有找到彻底解决麻烦的好办法之前，先保住自己还是很有必要的。

时间已经到了晚上 10 点钟，即便所有人都兴致勃勃，也应该休会了。毕竟从美国和埃及远道而来的专家刚下飞机就被拉到会场，甚至连时差都没倒过来。如果还不休会，年近百岁的吴岳肯定要和年富力强的专家一起熬下去。

想到这里，A2站起来说：“谢谢各位能毫不保留地提出真知灼见。现在人类要面临灭顶之灾，我们只能放弃国别和信仰的差别，群策群力，同心协力，尽快在奥密伽7星人发难之前，制定出有效的应对措施。但是，我们现在必须解决的问题，应该是填饱肚子。中国最优秀的厨师，已经为各位准备好了消夜，各位马上跟随服务人员到B座楼下餐厅就餐。”

B座大楼一层餐厅内，A2简单地夹了几个水饺和一碟蔬菜，在餐厅的角落里坐下。这张餐桌的对面有一台液晶电视，正在播放中央电视台新闻频道的整点新闻。

吃饭看新闻，是A2多年养成的习惯。

A3随意夹了一点炒面和几片牛肉放在盘子里，走到A2身边。A2指着对面的椅子：“坐这儿。”

“真没想到，您就是天天给我下命令的人啊，呵呵！”A3坐到A2对面。他们虽然经常打交道，但彼此从未见过面。

A2调侃道：“怎么，不像吗？”

“真不像。自从实施‘大觉计划’以来，在电话里听到您声音，中气那么足，还以为你五十岁左右呢！”

“哈哈，我真希望自己现在五十岁，就不会成为党和人民的负累了。老喽，好多地方都跟不上形势喽！”A2继续调侃道。

A3向左右看了看，指指吴岳：“在吴老面前，我们

都没有资格说老，呵呵。”

“也对，也对，赶紧吃饭吧，吃完饭我们还要讨论一些问题。”

A2 说罢，不再与 A3 说笑，快速吃饭。

电视画面中的主持人，突然以沉重的语气宣布插播一条新闻。

“下面插播一条我台记者发自美国夏威夷的报道，让我们连线我台驻夏威夷记者婧彤。”

年轻女记者婧彤站在混乱的人群中，不时受到疯子一样的人冲撞，还有人冲着镜头做鬼脸、傻笑。

“观众朋友，现在是当地时间凌晨零点 12 分，这里是地处北太平洋夏威夷群岛西侧的西火奴鲁鲁岛，半个小时前，这里遭受到有史以来特大强台风、暴雨和雷电的轮番袭击。雷电过后，一道耀眼的蓝色强光笼罩全岛数分钟后，岛上出现了有史以来的特大混乱。我身后是熊熊燃烧的几幢公寓楼，远处冒着滚滚浓烟的地方是刚才发生爆炸的化工厂……”

画面中，海滨港口停泊的游艇、货轮一片狼藉；道路上的车辆完全失控，横冲直撞，交警对此视而不见。

一群人冲入沃尔玛超市中，把货架上的货物到处乱扔。有的人把收银员推到一边，抓起钞票贴在收银员的脸上。

一批警察出现了，朝人群随意开枪，有的还朝自己

开枪。

监狱里，狱警打开监狱大门，把囚犯全部放出来。有的狱警还把自己的配枪交给囚犯。

一群人爬上一栋大楼的楼顶，在上面又唱又跳，但听不清他们唱什么。随着一个人跳下大楼，其他人也纷纷跳下，像落叶一样在空中乱飘。

婧彤把话筒送到一个比较平静的岛民面前。无论她用什么语言表达，那个岛民都听不懂，还一个劲儿地问婧彤自己是谁。

婧彤接连采访几个岛民，他们似乎忘记了一切，对什么都不清楚。

婧彤说，她从夏威夷赶到岛上之后，岛上就是这个样子，所有人都像被诅咒一样，或者失去了记忆。

插播新闻播报完毕，A3 惊得连筷子掉到地上都不知道。A2 也不再淡定，含着一个饺子呆如雕塑。

婧彤不经意说出那句“蓝光笼罩过后，所有人都像被诅咒一样，或者失去了记忆”，像一声惊雷在他们头顶炸响。看到画面上的岛民，应该忘记了自己的职责、身份甚至姓名，难道奥密伽 7 星人已经对人类下手了？

在普通观众眼里，这就是一条新闻，就是发生在离自己很远地方的一次灾难，他们可能同情、悲伤，甚至无动于衷，但对餐厅里的每个专家来说，是震惊和恐惧。因为他们刚才在会议室里，就做过人类失去记忆后的种

种假设，但是他们怎么也没有想到，失去记忆的人，竟然如魔鬼附体，让一切法律、秩序、道德、职责都化为乌有，生命变得如此之轻，得不到任何尊重。

A2 本打算让三国专家吃过夜宵之后，回到房间休息，明天再开会研究。现在看来，一分钟也不能等了，他们必须马上拿出应对之策。

不等他说话，那些专家都向 A2 走来，均表示不能休息，马上到会议室研究对策。

第七十九章　汉娜发难

奥密伽7星球安全总部。

埃它得到西格玛许可之后，带着强烈的报复之心，回到行动总队。

这里的网络监控系统受到超级能量波冲击，全部瘫痪。他愤愤地走进外星球蓝光控制中心，按下一个圆形按钮。

几秒钟后，监控屏幕上便出现了比中央电视台新闻频道提供的更全面、更惨烈的画面。

整个西火奴鲁鲁岛变成一片火海，爆炸声此起彼伏，高耸入云的大厦顷刻间土

崩瓦解，失去记忆的人如无头的苍蝇，不断地伤人或自残。

看到自己的杰作，埃它像发泄出淤积心中多年的苦闷一样酣畅，得意忘形地挥舞着拳头，咬牙切齿地吼道：“西火奴鲁鲁岛啊，为富不仁者的天堂！已经忘记如何做人的家伙，去见你们信仰但不尊重的上帝吧。只追求感官刺激的人类，脱下你们身上的所有伪装，正大光明地做人渣吧！”

目睹西火奴鲁鲁岛惨绝人寰的景象，西塔心中不禁泛起一丝怜悯。他不仅同情曾经目空一切的人类，瞬间回到与低等生物无异的惨样，同时他还隐隐觉得，他们用这种方式惩罚人类，就像成年人打死襁褓中的婴儿，没有任何荣誉感可言。

面对这场由奥密伽 7 星人直接制造的灾难，西塔清醒地意识到，这个将人类记忆时长改为 24 小时的计划，存在着太多的漏洞。一旦人类没有记忆，也就意味着他们无法继承、创造、积累智慧，如此一来，无论多少人死去，奥密伽 7 星人都无法获得更多的智慧能源。

让一个人只有 24 小时记忆能力，然后删除归零，就像刚出生一天的婴儿在死亡和复活之间不断地重复。

西火奴鲁鲁岛的实验证明，人类一旦没有记忆，就没有一切，最后可能没有人类。人类不再生产创造，不再积累财富，只有不断地屠杀，直至杀到剩下最后一

个人。

西塔转念一想，庆幸埃它选择了一个小岛做试验。如果他选择一个国家或者一个大洲，对人类和奥密伽7星人来说，是双输且无法挽回的悲剧。

现在看来，如果奥密伽7星人在太空中没有找到适合豢养新人类的星球，就贸然将人类记忆时长设置成24小时，也是一种自杀行为。

想到这里，西塔不寒而栗。

埃及胡夫金字塔旁中埃专家办公帐篷内。

监测仪器再次莫名其妙地爆表后，值守人员纪国红、胡夫金字塔管理员艾塞亚和阿罕麦德等人分成三班，24小时守在墓道内，全天候观察监测仪器。

一天深夜，帐篷外警铃大作，墓道内的监测仪器安全系统发出强烈警报声。

纪国红立即叫醒艾塞亚，两个人一同跑进墓道内。此班是阿罕麦德当值。阿罕麦德是开罗大学通信专业的博士生，非常年轻，也是凯恩教授的得意门生。凯恩教授赴中国参加会议，这里人手不够，就把他从学校调来，配合师兄师姐。

阿罕麦德对塔内监测工作还不熟悉，更不清楚他们现在从事的工作对中埃双方的重要性。他只是遵照凯恩教授的安排，兢兢业业地做好自己的本职工作。

纪国红心里非常清楚，墓道里那台仅存的监测仪器对“大觉计划”的重要性。它和北京的“候风灵动仪”相辅相成，缺一不可。这台仪器再瘫痪，就是她的严重失职，甚至还会让北京三国联席会议上的专家，成为聋人和盲人。

见纪国红和艾塞亚闯进来，惊慌失措的阿罕麦德一路小跑迎出墓道，二话不说，拉着他们跑到那台监测仪器前。

监测仪器安全表上的红色指针一次又一次地冲向极限，连接监测仪器的打印机，不断地吐出记录图谱，图谱上的图形与前几次爆表时的图形几乎完全一致。

以此可以确定，监测仪器又受到某种高能量波冲击，难道奥密伽 7 星人又发出信息？纪国红拿起图谱，认真解读，发现这次打印出来的图谱，所有线条比以往任何一次都清晰且粗大。这种信息波好像不是来自外太空，更像来自地球某一个地方。

地球上也能发出这种超高能量的信息波？纪国红和艾塞亚看着图谱，心中难下定论。

这种最新发现的图谱，应该能提供最新的信息，对北京的三国专家，应该具有不可估量的价值。

纪国红看着不断撞击极限的红色指针，又见打印出来的图谱几乎一样，果断命令阿罕麦德关机，中止监测。

她之所以这么做，是考虑到这台唯一能正常工作的监测仪器，监测到的信息几乎是重复的，没有必要再冒着被冲垮的危险。

她回到帐篷内，将最新得到的图谱发往大使馆，请大使馆用量子加密系统发往北京。

奥密伽 7 星球安全总部。

西格玛在办公室内的巨型监控屏幕上目睹了西火奴鲁鲁岛上发生的一切。

地球上发生这样的特大灾难，对他来说已经司空见惯了。当年，为了获得更多的智慧能源，他们在地球上毁灭的何止一个小岛。最大那次，整个地球山崩地裂，大海中升腾起突兀的山峰，森林变成火海，洪水淹没陆地，一切生灵难逃一死。

不得不说，他们投放到地球上的人类，具有很强的生命力和繁衍能力，不管经历多大的毁灭性战争或灾难，他们都能从废墟中站起来，不断地创造他们的文明，积累他们的智慧，为奥密伽 7 星球源源不断地提供能源。

然而，当人类进入地球纪元 21 世纪的时候，人类变得越来越不好控制。随着文明程度提高，特别是赵家经过四代人的自我修炼，致使彼德自动破解了奥密伽 7 星人植入人类体内的记忆遗传基因密码，反向消耗奥密伽 7 星球的智慧能源。一个彼德如此，如果再出现几个彼德，奥密伽 7 星球的能源消耗就必然达到无法想象的几

何级数量。

当然，凡事有一利就有一弊。像彼德这样继承人类全部智慧遗产的人死后，提供的智慧能源也是几何级别的。唯一遗憾的是，人类也开始注意到这一点，也要复制大量的彼德，对抗宇宙的一切。虽然他们没有直指奥密伽7星球，但随着人类智慧飞速增长，早晚有一天会对把矛盾指向奥密伽7星球。

正基于此，法相汉娜才提出另选星球，以彼德为样本，大量培育，使其成为奥密伽7星人的新能源基地。至于变得贪婪、狡诈、无知的人类，改变他们的记忆时长，以免影响到新能源基地。

“哈哈，老西，你终于开窍了?”西格玛背后巨型屏幕的右上角，专用信号强行切入。

在奥密伽7星球，只有法相汉娜和女皇拥有这种特殊权限。

西格玛被熟悉而戏谑的声音吓了一跳。他赶紧转身，看了看巨型屏幕，发现汉娜面带神秘的微笑，用一种充满嘲弄的口气调侃自己。

让西格玛受到惊吓的，不仅是汉娜那种令人不寒而栗的声音，还有她此时突然出现，就意味着他的一言一行时刻暴露在她的视线之内。

难道，现在自己想什么都不能逃过汉娜的眼睛?

难道，汉娜真的如传说中那样，掌握“远程读心术”?

这也太恐怖了吧？以后自己还怎么活？

西格玛站在屏幕正对面，谦卑地对着汉娜的头像躬身问候。

“老西啊，很高兴你能用心思考问题了。其实，世界上所有麻烦都源于两个错误：一是做事不动脑子，二是只动脑子。其实，你的修为比我高，资历比我深，这是我敬重你的地方。然而，我刚才所说的两个错误，你总是会犯其中一个，这也是我担心的地方。奥密伽 7 星人是宇宙的霸主，主宰天地间的一切，不能有任何闪失啊。女皇也因为考虑到这一点，才把我放在法相的位置上。”

汉娜这番话，揭开了西格玛内心的伤疤。但是，他不得不承认，汉娜一语中的地指出了他的弱点所在，让他感到羞愧难当。

没等他找到合适的词语回击时，汉娜发动了第二次攻击：“老西啊，请恕我直言，正因为考虑到你习惯性地在两个错误中总犯一个，所以，这次在处理彼德的事情上，有一些核心机密对你有所保留。既然刚才你已经悟出其中的道理，那么，你就应该明白女皇和我为什么做这样的安排。现在我希望你放弃所有负面想法，全力配合我们。”

汉娜要进一步剥夺自己的权力？都可以如此肆无忌惮无所畏惧了吗？让劳苦功高的西格玛带着所有下属听

凭你的摆布，合适吗？合理吗？还有王法吗？

汉娜根本不给西格玛辩解的机会，话锋一转，说道：“这次必须谢谢你背着我下达指令，让你的做事从不动脑子的行动队长埃它助攻我，呵呵！聪明反被聪明误！”

西格玛不明白，埃它在西火鲁鲁岛进行试验一事，怎么会成全了她呢？她要做什么？和小岛试验有关系吗？

汉娜似乎不想再隐瞒，直截了当地说道：“改变人类记忆时长，仅仅是我们的一个战术目标。实施这个目标必须具备两个前提：一是在太空中找到一个适合培育新生命的星球；二是培育出比人类更智慧的物种。现在的人类贪婪、自私，无耻，肆无忌惮地向自然索取。他们认为自己高居食物链顶端，对其他生命采取漠视的态度。为了获得更多的财富，他们忽略自然规律，强行改变各个物种的基因，滥用化学产品，致使各种疾病横生。各行各业，纷纷造假，使人类全部陷入互害的恶性循环之中。他们的智慧，只剩下赚钱享乐的智慧，能量值越来越低。他们的利用值越来越小了，必须让他们接受惩罚。

“至于为什么将人类原定的记忆时长 100 年，改为 24 小时，目的很简单，就是让人类忘记一切，像低等动物那样自相残杀，直至他们全部灭亡。那样，我们就会在短时间内，榨取人类所有智慧能量，为我们做充盈的贮备，才能启动我们所有的高级设备，培育高智慧能量

的新生命体，开拓新的培育基地。这种计划，必须在人类毫无防备的情况下，同一时间突然实施。老西啊，你这是给人类送个口信，打个样本啊，影响了我们的全盘计划。至于怎么收场，你自己向女皇解释吧。”

汉娜从大局着眼，小处着手，有理有据，将西格玛驳斥得体无完肤。

让西格玛郁闷的是，现在奥密伽 7 星球上的所有事务，都是汉娜大包大揽，一拍脑袋就决定了，自己这个安全总部负责人，完全成为外人，什么事都对自己保密。最可气的是，安全总部的所有监控系统莫名地瘫痪，连地球都监控不了。

更让他愤怒的是，汉娜制定和掌握的“最核心计划”到底是什么？难道就是她刚才说的一切，为什么现在才告诉自己？

“老西，你自己好好想想吧，我不想多说了。你背着我做的所有事情，我都一清二楚。至于女皇追究不追究，就看你以后的表现了。西火奴鲁鲁岛这件事，就当作对人类进行一次惩罚吧，估计已经习惯忘记昨天的他们，也不会吸取教训。”汉娜轻描淡写地说，“这次行动，算是经过我同意了。不过，接下来的任何行动，你必须向我请示、报备！”

官大一级压死人，怎么说都有理。

西格玛心里委屈，却无法说出。唉，这么多年都忍

了，不差这一两件事。事前先请示，事后再汇报，做个简单的执行人，不承担任何责任，未必不是好事。

“好，以后安全总部的人，悉数听从法相差遣！”西格玛向汉娜保证。

汉娜说：“我们虽然贵为宇宙霸主，但也不是高枕无忧。地球上的美国、中国和埃及科技水平高速发展这么多年，实力不可小觑，现在他们又联手对付我们。你爷爷主事的时候，曾经在女皇面前建议，为了确保奥密伽7星人所需的智慧能源，在人类中间安插一些卧底。据我所知，这些卧底正好安插在美国、中国和埃及。他们虽为人类，却拥有奥密伽7星人的智慧和反复转世复活的能力。

“现在中、美、埃三国所谓的科技精英，聚集北京，准备联手破坏我们删改人类记忆时长的行动。可以确认的是，他们已经获取了我们的外围行动计划，而且还处在接近我们核心机密的边缘。以此看来，要么是我们内部出现了内鬼，包括你爷爷安插的那些卧底反水；要么是地球人通过科技手段监测并破译了我们的计划。”

“我爷爷在地球上安插的卧底”“我们内部出现了内鬼”，汉娜虽然没有明说，但意思很明显，奥密伽7星人的最新计划已经泄密，西格玛脱不了干系。

但是，目前中、美、埃三国专家确实联手商讨阻击奥密伽7星人的行动。其实，汉娜这是小题大做，难道

宇宙霸主还惧怕一群低级智慧的地球人？

汉娜已经将西格玛列为怀疑对象，看来安全总部的监控系统瘫痪，可能是汉娜指示属下做的手脚，指望罗他修补大型数据库的管理软件肯定没指望了。

“汉娜究竟想干什么呢？”西格玛结合汉娜刚才所言，把其中的信息串起来，发现汉娜的计划分两部分：一、在太空中培育比人类更高级的新生命体；二、把已经破解人类记忆遗传基因密码的彼德作为新生命体的母本。想到这里，他才明白，当时为什么汉娜反对处死彼德，而坚持把他送回地球，还通过四维空间隧道让他迅速成为成熟的青年。

当西格玛把前前后后发生的事情串联起来考虑的时候，他不得不佩服汉娜的处心积虑。

汉娜见西格玛沉默不语，语重心长地说：“为了确保整个战略计划顺利实施，我们还制定了一系列预案。这些预案属于绝密级，目前只能控制在最小范围内。老西啊，不是我不信任你，而是担心这些机密一旦泄露，我们处处受制于人啊！”

“还制定了一系列预案？”西格玛大吃一惊。

汉娜不再理会他，关闭了通话系统。

第八十章　谁是卧底

北京西山某军事重地。

三国专家联席会议继续进行。

A2 草草吃了几口饭，便回到会议室。此时，所有与会者已经提前就座。整点新闻插播的突发事件，让他们感到空前的恐惧和震惊。

对于普通观众，包括发布这条新闻的播音员都习惯性地认为，这种临时插播的新闻，仅仅是一场自然灾害，只不过破坏力太大而已。

对于已经掌握奥密伽 7 星人向人类宣

战的三国专家，意识到小岛遭受的灾难，仅仅是宇宙霸主挑战人类的实验和前奏。当然，也可能是一种提醒或警告。

知者更有敬畏。忧心忡忡的专家坐在会议室内，依然心有余悸。如果说 A2 向他们透露破译信息时，所描述的场景还只是一种假设或者推理，他们刚才在电视屏幕上看到的画面，确是发生在地球上的惨烈事实。下一个，也许就要发生在自己身边。

会场笼罩着凝重的气氛，没有人窃窃私语。

A2 打破了会场的沉闷：“各位，中国有句古语，‘天要下雨，娘要嫁人’，该来的肯定要来，怕也没用，我们只能直面现实。特别是背负人类安全责任的我们，没有资格恐惧，更没有任何借口说不。我们只有争分夺秒地拿出有效的应对办法，才是当下最应该做的事情。”

正当大家一筹莫展的时候，吉茜卡率先发言：“奥密伽 7 星人，早于地球出现上亿年，一直与人类和平共处。现在，他们为什么突然要向人类发难呢？其中必有原因。我们只有找到这个原因，才能对症下药。”

“猎鹰”明白吉茜卡言中所指，没有明确表态。他一贯不畏强权的强悍作风，在看不见的强大对手面前，不得不有所收敛，不得不默许吉茜卡的提议。

经过试探，吉茜卡见在座各位，既没有反驳也没有支持。前两次会议上，对她的提议持强烈反对意见的

“猎鹰”，此时也缄默不语。看来，在极具破坏力的外星人面前，他们开始考虑她的提议了。

于是，她接着说道：“今天，奥密伽 7 星人已经对西火奴鲁鲁岛下手了。很显然，他们只是做个试探，或者实验，或者在提醒或警告我们，不要再触犯他们的利益，否则我们会遭到更严厉的惩罚。我之所以这样判断，是因为他们完全可以把西火奴鲁鲁岛变成美国、中国或者地球，但是他们没有这么做，表明他们不想与人类鱼死网破。所以，在我们没有遭到他们更严厉的打击之前，必须弄清楚他们为什么这样做，否则任何对策都是徒劳的。千万别做以卵击石的抗衡，那样我们会输得更惨。中国不是有句古语嘛，‘忍一时风平浪静，退一步海阔天空’。”

吉茜卡的这番分析，让所有人都对她刮目相看，尤其是“猎鹰”。

“猎鹰”一直认为，吉茜卡并没有什么真本事，她能混到现在这个位置，缘于背后有一股神秘力量支持。现在看来，他的这个判断并不准确。在这个几乎与世隔绝的地方，在所有人都陷入恐惧之中，她仍然能结合当下的实际情况，进行梳理分析，就说明她肯定有她的独到之处。

但是，有一点他想不明白，吉茜卡为什么一口咬定奥密伽 7 星人向人类宣战，是出于某种目的呢？难道无

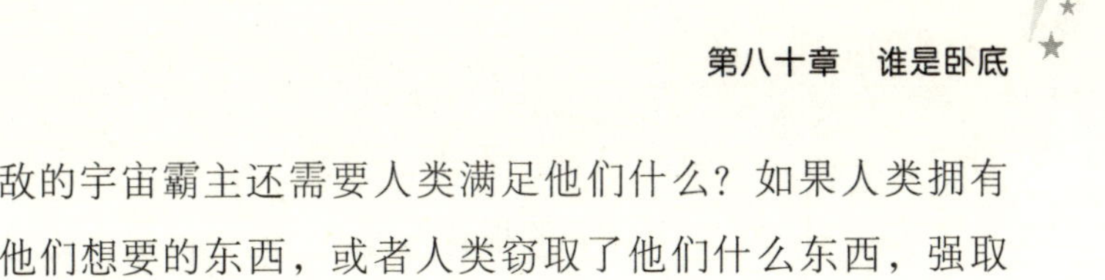

敌的宇宙霸主还需要人类满足他们什么？如果人类拥有他们想要的东西，或者人类窃取了他们什么东西，强取豪夺不是更有效吗？为什么还要试探或做实验？

“猎鹰”的疑问，也是在座各位专家的疑问。即便如吉茜卡所言，即便向奥密伽 7 星人妥协，以换取人类安宁，也应该知道怎么满足他们啊。

沉默。会议室里的人全部沉默。

此时，A2 机要秘书胡茜茜走到 A2 身边，附在他耳边低声说了几句话，随后将一个红色文件夹放在他面前。

A2 戴上花镜，打开红色文件夹，扫了一眼，双眉紧皱。他摘下花镜，用镜腿在文件上轻轻敲两下，然后把文件夹推给身边的吴岳。

他抬头扫视会场一周：“各位，一个绝密级文件正在破译，但愿破译后的结果能帮助我们改变目前人类面临的严峻态势。我宣布，暂时休会 20 分钟。”

吉茜卡起身走出会议室，在通往洗手间的走廊里，她通过经过允许的海事卫星电话频率，打通了“蓝颜知己”的电话。

今天早上“蓝颜知己”就给她发来短信，命令她在方便的时候给他打电话。

电话接通之后，不等吉茜卡说话，“蓝颜知己”对她就是一顿劈头盖脸的训斥：“你的话说得太多了！我一再提醒你，你的目的是获取会议上的所有信息和决策

方案。多听，少说！”

“我这也是抛砖引玉嘛。谁都不说话，我怎么能得到有价值的信息？不引发他们讨论，他们怎么会做出决策？他们又截获一批来自奥密伽7星球的绝密情报，正在破译，我晚些时候再联络你好吗？”吉茜卡不情愿地解释道。

“找准自己的位置，多听，少说！现在的形势对咱们有利，不管往哪方面发展，我们都是获益者。既然你已经卷入这场争斗的漩涡之中，我不妨跟你透露一些实情。我以前给你提供的那些信息，你想过来自哪里吗？来自奥密伽7星球！我和他们一直合作，因为他们能轻而易举地帮助我实现无论我怎么努力都无法实现的目标。”

听到“蓝颜知己”这些话，吉茜卡差点儿背过气去。她对他，无比地信任，无比地崇拜，从不设防，把自己的一切都交给他，他却一直跟自己演戏。

这个见到自己就想跟自己上床缠绵的男人，竟然跟外星人还有瓜葛？难怪他能让自己这个FBI旧金山分局的小局长参与彼德失踪案，到北京参加如此重要的会议。原来自己经历的一切，都是他的精心安排或者运作的结果。

吉茜卡的大脑飞速转动，往事的画面一一浮现。

“蓝颜知己”突然换成只有他俩才能听懂的特殊

语言。

据“蓝颜知己”说，他曾经在一个仅有几千人的非洲部落里生活过。那段时间，他凭借自己的语言天赋，不仅学会使用这种语言与当地人交流，甚至还差一点儿成为那个部落的首领。

因为彼此身份特殊，“蓝颜知己”便教吉茜卡学习这种语言。在不方便交流的场合，他们就使用这种没有人听得懂的特殊语言。吉茜卡学会这种特殊语言后，大部分都用在公共场合上，毫不避讳地与他调情。

“Ψŭξεαg Σξπτψ Ëωχτσηγεενοŭ……”

这段非洲部落的土著语言的大概意思是，奥密伽7星人与我早有约定，我作为他们在地球上的卧底，提供他们需要的信息与情报。他们需要宇宙中所有人都富有，这和人类梦想共同富裕的目标一致。

奥密伽7星人认为，只有人类富有之后，才能促进更多的人接受高等教育，进而为他们提供更多的智慧能源。然而，地球上的财富一直掌握在极少数人手中，更多的人只为温饱奔波，根本没有时间和精力提高自己的智慧。

那些坐拥巨额财富的金融、政治寡头们，利用他们掌握的资源，制造更多的歪理邪说、不良的生活风气，愚弄更多的人盲目追求财富、地位和身份，以便他们从中攫取更多的财富。在这个过程中，穷苦人变成了不读书、不思考，没有辨识能力、自我掌控能力的活工具，根本没有智慧可言。

而这，对于奥密伽7星人而言，则形成一个悖论：他们所期待的是大批人类肉体死亡，其智慧成为他们的能源；但是，大批穷人往往被剥夺了受教育的权利，他们到死所积累几乎为零，一百个穷人还不如一个受过高等教育的人的智慧能量值高。

当然，他们希望人类富有但不能和谐，这个想法本身就是矛盾的，却符合人类少数掌握权力的权贵和掌握财富的金融寡头的利益。

奥密伽7星人为了从地球获得更多的智慧能源，战争、瘟疫、灾难是最直接有效的途径。

每个朝代更迭，都是一场场大型屠杀。奥密伽7星人，只要选中像希特勒、墨索里尼、东条英机那样的人物，就会把人类推入战争之中。

在21世纪，就发生了很多类似事件。

2001年，在911恐怖袭击中，将近三千人在袭击中同时丧生。

接着美国以反恐为由，围剿阿富汗的塔利班组织，几年之中，阿富汗境内，杀人就伐树。

2003年，美英盟军入侵伊拉克，也是一场相互屠杀。

从2011年开始，叙利亚内战爆发，多国卷入其中，战火中死伤无算。

……

大量人类死亡，奥密伽 7 星人却从中获得了人类生前积累的智慧，并转化成能源。

人类永远不会知道，任何战争的真正受益者，永远是外太空的奥密伽 7 星人。

奥密伽 7 星人对吉茜卡的“蓝颜知己”承诺，在适当的时候，为他竞选美国总统出钱、出人、出力、出主意，一定把他推上美国总统的宝座。交换条件是，他必须把各国科技、国防的各种绝密信息，及时向奥密伽 7 星人反馈。

这次他力荐吉茜卡参加三国专家联席会议，就是让她窃取会议机密。

如果奥密伽 7 星人能实现他们的计划，复制出比人类具有更高智慧的新群体，“蓝颜知己”将携吉茜卡飞往新星球，过着衣食无忧长生不老的日子。

如果奥密伽 7 星人不能实现他们的计划，人类将获得喘息的时期，“蓝颜知己”将继续留在地球上，参加美国总统竞选。

吉茜卡听完“蓝颜知己”的讲述，陷入深思之中。她一直认为他是聪明睿智善良博爱之人，没想到他竟然是视人类生命为草芥的屠夫。他出卖的不是一个国家，而是整个人类，与所有人为敌。在这种人眼里，人只有两种，他能利用的和他不能利用的。一旦自己没有利用

价值了呢？是不是也要为奥密伽7星人提供智慧能源？

提到战争，更刺痛了吉茜卡。她的初恋情人，就是响应国家号召，维护世界和平，才参加了反恐部队，到某地围剿恐怖分子。谁会想到，他只是奥密伽7星人所需能源的载体。而把他推向死亡之地的人，就是在她耳边口口声声说爱她的人。

“蓝颜知己”的非洲部落土著语，此刻在吉茜卡听来，像苍蝇嗡嗡的叫声，让她感到恶心。想到初恋的惨死，她强忍心头的酸楚与愤怒，任凭泪水模糊双眼。

吉茜卡毕竟在FBI工作多年，知道如何掌控自己的情绪。她平复一下心情，按照往常中止谈话那样，在电话的麦克风上轻轻一吻，用非洲部落的土著语打断“蓝颜知己”：“亲爱的，对不起，会议马上开始了，有机会我们再联系吧。”

她挂断电话，悄悄拭去眼角的泪水，看看腕表，10分钟后会议才开始。

她转身眺望窗外，看不见星空和灯光，眼前只有无尽的黑暗。

吉茜卡的思绪，在茫茫夜色之中，延伸到十几年前的一个夜晚。那天晚上，她和热恋多年的男友谁也没有想到，分别就是诀别。

美国弗吉尼亚州第一大城市的福克军港，是美国海军的重要基地，也是大西洋舰队司令部和北约组织大西

洋战区司令部的驻地。

吉茜卡的热恋男友罗伯特，是美国第 101 空中突击师上尉军官，奉命在这里登上航空母舰开赴中东战场。因此，他不得不取消原定 5 月份举行的婚礼。

码头上，吉茜卡与罗伯特执手相望，依依不舍，一次又一次地热烈地拥吻。

列队登舰的铃声催促着所有送行的亲人。不得不登舰了，罗伯特从内衣口袋里拿出一个木质玩偶塞到吉茜卡手中，深情地说："亲爱的，等着我。我不在的时候，让它代我陪伴你。"他再次热吻吉茜卡，转身走入出征将士的行列中。

此刻，港口万般寂静，只有战旗在风中猎猎作响，偶尔能听到一两声海鸥凄厉的鸣叫。所有登舰官兵列队站在船舷一侧，高举右手行军礼向挚爱的人告别，向祖国告别。

吉茜卡像所有送行的亲人一样，只能站在警戒线以外，目送亲爱的人远去。

"呜呜"，汽笛的长鸣打破了码头的寂静，舰队起航。岸边送别的人久久不愿意离去，目送航母舰队消失在水天之间。

夜色中的港口再次恢复沉寂，送别的人带着无限的牵挂陆续散去。形单影只的吉茜卡，借助昏暗的路灯，欣赏着罗伯特塞到她手中的"礼物"。

这是一个制作略显粗糙的木质玩偶，看长长的鼻子，就知道它是童话故事里的匹诺曹。看着匹诺曹，她想起罗伯特给她讲过的故事。

罗伯特小时候，因为撒谎，差点儿受到母亲狠狠教训。晚上父亲回来，听说他撒谎，非常生气。他以为会挨一顿暴揍，没想到父亲却给他讲了匹诺曹的故事。父亲告诉他，匹诺曹每说一次谎，鼻子就会长出一截。

从那以后，罗伯特发誓做一个诚实的人。这个粗糙的匹诺曹木偶，就是他在那时候一刀一刀刻出来的“作品”。它既是一个木质玩偶，也是时时用它警示自己。

罗伯特临别前，将跟随他多年的“警示物”送给吉茜卡，就是想提醒她，做诚实的人，坚守彼此的海誓山盟。

在接下来的日子里，吉茜卡坚持每天准时打开电视，关注国际新闻，特别留意来自前线的任何报道。

当他们分别121天后的晚上，她接到了罗伯特母亲打来的电话。这位慈爱而坚强的母亲在电话里平静地告诉她：“吉茜卡，我的好孩子，罗伯特以我们难以想象的方式回来了。明天，我们一起去机场把他接回来。你是他最爱的人。”

几句平和的话，像晴天里的惊雷在吉茜卡头顶炸响。

她无法想象，一个鲜活的年轻人，仅仅与她分别121天，就天地两隔两世为人了。

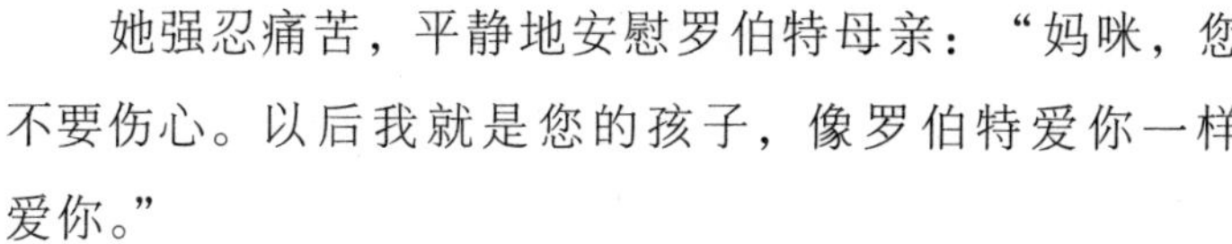

她强忍痛苦，平静地安慰罗伯特母亲：“妈咪，您不要伤心。以后我就是您的孩子，像罗伯特爱你一样爱你。”

“吉茜卡，我们要诅咒这场该死的战争。罗伯特不是第一个，但必须是最后一个！我们祈祷吧，愿所有家庭不再失去亲人了！”

丧子之痛，让善良的老人一夜之间白发满头，整夜站在院门外，等待儿子归来。

今天，“蓝颜知己”洋洋得意的话，让吉茜卡意识到，所有该死的战争，不论以什么名义发动，其实都是几个利益集团为了各自的利益，把许多没有任何冤怨的年轻人，推上共同的绞肉机，让原本圆满的家庭支离破碎。

她挚爱之人，丧命于与他毫无关系的战场，背后的罪魁祸首，就是口口声声要呵护她一辈子的“蓝颜知己”。

一种被人愚弄、欺骗、玩弄的耻辱感席卷吉茜卡的内心深处，心脏像被利爪抓住一般疼痛。

她再次看看腕表，会议马上开始了。她平复一下心情，努力做出职业微笑，暗暗做了一个重要决定。

第八十一章　超强信号

北京西山某军事重地。

在 A2 宣布休会后，伊恩和萨曼莎走出会议室，在茶歇处取一些茶点和咖啡，站在吧台前低声聊天。

他们不再像往常那样，只要独处就火爆地表达爱慕之情。自从见证奥密伽 7 星人的残暴手段之后，他们意识到，表达感情，还有很多更合适的方式。

凯恩教授坐在座位上，思考一会儿，拨通了法老的电话，用阿拉伯语向法老汇报。

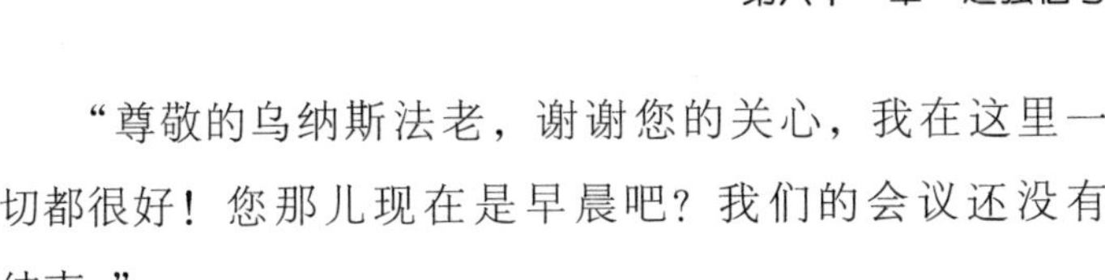

“尊敬的乌纳斯法老，谢谢您的关心，我在这里一切都很好！您那儿现在是早晨吧？我们的会议还没有结束。”

显然，凯恩教授是收到法老的询问短信后，抽空给他回电话的。

“孩子，我这儿是凌晨。我年纪大了，觉也少了，没事儿，说说你那边的情况吧。”法老缓慢地说。

凯恩教授说：“按照您的指示，中国朋友大力配合，目前监控和破译工作都有很大的收获。从目前掌握的信息分析，人天大战已经在所难免。”

凯恩教授略略停顿，暗自思忖：“法老年迈，这样的消息是不是让他更加担心呢？是报喜不报忧呢，还是实话实说呢？”

见法老口气依然平和，他接着说道：“至于能不能破译您需要的那套空天对话密码，目前还没有尝试。但是，根据目前破译的信息显示，我们面临的危险要比想象中严重得多。外太空的势力和人类的矛盾，已经发展到不可调和的地步。确切地说，外星人已经有意摒弃人类，试图重新在太空中寻求新星球并培育新生命体。即便他们允许人类存在，也将是仅供他们奴役的工具。”

说到这里，凯恩教授似乎觉得自己有点儿说过了。他微微停顿，感觉法老的情绪没有什么变化，就调整一下情绪。

考虑到乌纳斯法老既是他的长辈，又对他无比信任，他不应该也没必要闪烁其词，干脆和盘托出吧。

他想了想，最后决定把最新掌握的坏消息告诉法老："奥密伽 7 星人即将对人类采取行动，将人类的记忆时长从 100 年改为 24 小时。如果那样，人类五千年中创造的文明和积累的智慧，将全部消失。"

法老淡然地说："刚才尼罗河国际频道播出了西火奴鲁鲁岛的灾情。我想，他们已经从暗处下手了。他们和人类的矛盾由来已久，双方必有一战，只是或早或晚的问题。"

"没想到您已经知道了，我还怕您担心呢。说实话，我们现在忙得焦头烂额，也没有找到应对奥密伽 7 星人的办法。我的人手实在有限，您的计划能不能暂时缓行呢？"

"一切都由你决定。孩子，在中国照顾好自己。"法老叮嘱道。

乌纳斯法老对凯恩教授不设防的信任，让他觉得对这位长者隐瞒任何信息都是一种大不敬。他不再有心理负担，把最近墓道内的设备几乎全部损毁的情况如实汇报。

听到这个消息，法老一如既往地平静："孩子，艾塞亚当天就已经向我汇报了这个情况。"

凯恩教授见法老的态度如此平和，再三思量，试图借助他的影响力，为墓道内再增添一些监测设备，但最终还是轻轻地说道："我一直牢记您的计划，只要有进展，我第一时间向您汇报。"

凯恩教授非常明白，即便埃方与中方合作，初步破译了奥密伽 7 星人的部分语言，但在没有阻止他们对人类实施罪恶计划之前，仅为一己私利，要求两国专家破译财富密码，显然不合时宜。再者说，在未来某一天，所有人都会忘记一切，他们根本分不清金条和砖头的区别。

"一切都由你决定，孩子。我已经考察你很长时间了，你是值得托付的人。我已经写好一份遗嘱，放在开罗银行的保险柜中，密码是你我名字的第一个大写字母加你的出生年月日六位数。我将委托你全权处理这笔巨额财富。我的指导意见是，如果获取这笔财富，希望你将它捐赠开罗大学，并以此设立一项奖学基金，专门奖掖优秀的寒门子弟。当然，如果你有更好的处理方式，可以由你决定。我相信你，孩子。"

凯恩教授感动不已，激动地说："谢谢您的信任，我一定会竭尽全力完成您的托付。我们的会议马上开始了，您也休息吧。晚安，不，早安，尊敬的法老！"

凯恩教授挂断电话，掏出手帕拭去眼角的泪水，竭力装着若无其事的样子。

休会期间，A2、吴岳和 A3 在会议室隔壁的一间办

公室里研究“候风灵动仪”的修复方案。

在人类生死存亡的关键时刻，失去及时、准确的情报，就等于被动挨打。更何况，对手还是号称宇宙霸主的奥密伽7星人。

吴岳拨通了中国科学院记忆研究所的值班电话。

研究所的杨所长和项目负责人李国挚，一直在现场与工程技术人员研究修复方案。

在电话里，杨所长把抢修工作进展做了汇报：“吴老，经过两天两夜的检测、分析和论证，我们基本断定，是一种奇怪的携带超强能量的脑电波信号导致‘候风灵动仪’瘫痪。”

“一种奇怪的携带高能量的脑电波？”吴岳难以置信。他从事“候风灵动仪”研究工作几十年，从未遇到过类似的情况。在设计研制这台“候风灵动仪”之初，他的团队就调取了所有人种的脑电波样本，并设置了抵御数百倍能量负荷的硬件设施。即便前阶段收到奥密伽7星人发出的高能量冲击电波，这台“候风灵动仪”也是安然无恙。对于杨所长奋战两天两夜得出的结论，他不能不信，但也不敢信。

杨所长见吴岳没有反应，补充道：“经多方论证，‘候风灵动仪’之所以瘫痪，的确是受到一种奇怪的携带高能量的脑电波冲击所致。由于来得非常迅猛，导致即时信息没有保存。但是，根据‘候风灵动仪’瘫痪前

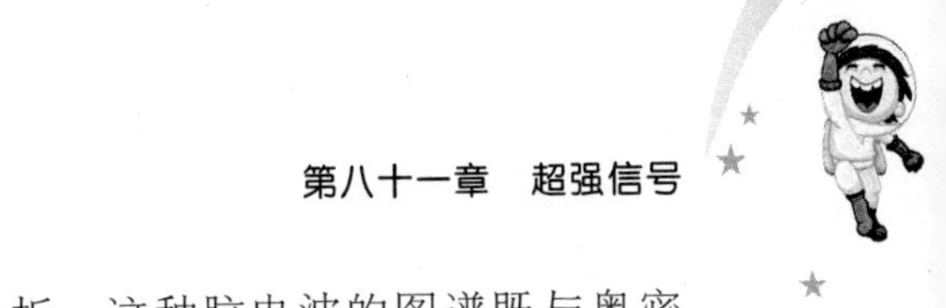

记录下来的信息片段分析，这种脑电波的图谱既与奥密伽7星人相似，也与人类相似，只是强度高出普通人脑电波数十万倍，甚至更高。”

“国挚，你马上把那些残存信息的图谱加密发过来。”吴岳不动声色地命令道。

李国挚说：“好的，我整理好就给您发过去。另外，根据‘候风灵动仪’最后形成的图谱，我们发现，那种携带高能量的脑电波之所以让‘候风灵动仪’遭受如此重创，重要的原因是，其发射源离我们很近，估计应该在地球上。”

吴岳感觉事态严重，让李国挚直接向A2汇报。

A2听完汇报后，看看表，让李国挚把电话交给杨所长。他对杨所长说：“你们能找出事故原因，非常好，辛苦了。现在你们还不能放松，如果不能修好‘候风灵动仪’，必要时就再组装一台。”

杨所长也有此打算。见首长建议，他赶紧说道：“报告首长，我们也有这个打算，一边抢修，一边组装，但是——”

“但是什么？这时候没有任何但是。研究所有困难我来协调，确保全方位支持。”A2斩钉截铁地回答道。他很清楚，在人类生死存亡时刻，只有一种选择，那就是不惜一切代价阻止奥密伽7星人侵袭。

A2当即指示A3：“你全权负责此事，让杨所长立即

列出一份清单，要人给人，要物给物，没有任何借口供应到位！”

A3 立即与杨所长沟通。

A2 转身问吴岳：“吴老，如果满足杨所长所有需求，组装一台新‘候风灵动仪’需要多长时间？”

“组装，加上调试，应该在一周之内完成。”

“一周？”A2 指指会议室，“他们能在这里等一周吗？恐怕不行！三天，我只能维持三天。”

吴岳理解 A2 为何这样要求。作为召开特殊会议的东道主，成为盲人和聋人，别说三天，三个小时都难以接受。在人类面临灭顶之灾面前，没有尽力而为，只有拼死一搏。

他在心里迅速盘算一下，低缓而坚决地承诺：“三天，就三天，我立军令状！”

见一向严谨慎重的吴岳做出承诺，A2 悬着的心稍稍下落。他看看表，再过几分钟就要开会了。他再次叮嘱吴岳：“吴老，我就不解释原因了。你们一定要不惜一切代价，在最短的时间内组装出一台‘候风灵动仪’。另外，你们还要派出专人，寻找导致‘候风灵动仪’瘫痪的罪魁祸首。找不到它，我们就会时刻处于被动挨打的局面。”

A2 所虑极是。不找出致使“候风灵动仪”瘫痪的罪魁祸首，再造出一台也可能成为炮灰。

“请首长放心，我们一定完成任务！”吴岳毫不含糊地向 A2 再次做出承诺。

一阵蜂鸣声打断了他们的谈话。吴岳手中的量子卫星电话收到了李国挚发来“候风灵动仪”留下的最后一份图谱。

休会结束，A2 起身招呼吴岳和 A3：“继续开会，别让各位专家久等。”

回到会议室，吴岳打开那份图谱，从中看到一组奇特的脑电波，陷入迷茫之中。

赵笃甫家中。

赵笃甫正在午睡，赵步蟾在书房内和妻子荷西小声商量明天父亲百岁寿诞的相关事宜。

楼下的客厅里，彼德、伊娃、莉莉、赵亚文和依莎贝拉其乐融融地聊天。

“彼德哥哥，你会下象棋吗?”伊娃这几天观摩赵笃甫和赵步蟾对弈，了解了中国象棋的一些技法，想找人实践一下。

“我也就知道怎么走吧。”彼德应付道。

“你不能再一口一个彼德哥哥、彼德哥哥地叫了。你叫得不别扭，我听着都别扭。”莉莉突然调侃道。

伊娃没有听出莉莉话外之音，瞥了一眼莉莉：“彼德哥哥永远是我的彼德哥哥！”她半撒娇半恃强地挽起

彼德的胳臂，贴近彼德的脸问，“彼德哥哥，你说是吧？”

赵亚文和伊莎贝拉见孩子们闹成一团，幸福地微笑。

赵亚文看看比自己还高大的彼德，又看看比依莎贝拉还丰腴的伊娃，顿时明白莉莉的话外之音了。

彼德见伊娃天真无邪地挽住自己的胳臂，顿感一股幸福的暖流席卷全身。他听出了莉莉的话外之音，脸色绯红，却故作镇静地应和伊娃：“是的，是的，我永远是你的哥哥！”

“莉莉，不管他俩多高多大，你永远是他们的姐姐。姐姐就应该有姐姐的样子，一定要照顾他们。”伊莎贝拉说。

莉莉似乎得到了一道圣旨，指着伊娃和彼德说：“你们听到妈咪的话没有？你们比我高比我大都没用，无论在任何时候、任何地方，我都是你们的姐姐，你们必须对我无条件服从！”

彼德冲莉莉做个鬼脸，拉起莉莉比身高：“姐姐，你看看我。”

莉莉仰起头，看着彼德：“看你干什么？”

彼德呵呵一笑：“让你理解一下什么叫仰视。”他说完就躲。

伊娃乘机也站到莉莉身边，和她比身高。

莉莉假装生气，跑到依莎贝拉身边，跺脚喊道：

“妈咪，他俩组团欺负我!”

伊娃突然不闹了，她似乎看到依莎贝拉头顶弥漫起一股股似曾相识的彩色气雾。透过越来越浓的彩色气雾，她仿佛看到伊莎贝拉丰富的内心世界。

弥漫在依莎贝身边的团团彩色气雾，像汩汩清泉一般从她胸口流淌出来。令伊娃感到奇怪的是，一团团彩色气雾在赵亚文一家人的头顶翻腾盘旋后，竟然按照不同的色彩，分别汇入每个人的百会穴。

一股蓝色气雾在赵亚文头顶盘旋一会之后，缓缓汇入他的百会穴。

一股粉色气雾徐徐进入莉莉的百会穴。

一团更加漂亮的多彩气雾，进入彼德的百会穴。

冥冥中，伊娃仿佛获得一种顿悟。难怪依莎贝拉和任何人相处时，都会让人感到有一种说不出的愉悦。原来，她与人交往时，会根据不同的人的性格特点，保持与对方同一色系的思维，最大限度地与对方在感情色彩上吻合。

透过眼前弥漫的彩色气雾，伊娃顿感心中豁然开朗。难怪自己与彼德哥哥相处时，总是那么温馨、那么惬意，甚至让自己产生无法摆脱的依赖。原来，彼德和依莎贝拉一样，身上存储着“多彩思维”。这种多彩思维具有广谱性，可以随时随地地和任何人匹配、融合。

这是不是高情商者的最高境界呢?

就当伊娃对眼前彩色气雾感到痴迷的同时，埃及胡夫金字塔内警铃大作，警灯闪烁。

正在值班的艾塞亚与纪国红赶紧奔向最后一台监测仪，眼睁睁地看着这台可怜的仪器，在接收到携带超强能量的脑电波之后，挣扎几下，轰然崩溃。

唯一令他们稍感欣慰的是，这台设备在瘫痪前的最后时刻，记录下一组携带超强能量脑电波的发生源的大致方位、与金字塔的大致距离。

第八十二章　大义灭亲

北京西山某军事重地。

中、美、埃三国专家联席会议20分钟休会时间结束，所有与会者准时回到会议室自己的座位上。

A2扫视会场一周，目光最后落在吴岳身上。

吴岳颔首点头，示意A2可以开始。

“各位，辛苦了，我们继续讨论。”A2举起手中的文件夹，“这条来自奥密伽7星球的绝密级信息，已经被我们截获并破译。在发布此条信息之前，我深信，在座各位，

无论来自哪个国家，遵从什么信仰，大敌当前，我们只能扮演战友的角色，别无选择。面对强大的奥密伽 7 星人，我们只是一群蝼蚁，但我们绝对不能因此缴械投降！”

A2 摘下眼镜，扫视一眼所有与会者，最后将目光落在手中那个红色文件夹上，缓缓打开它，用眼镜腿轻轻敲击：“也许，这条信息将成为我们与奥密伽 7 星人谈判的重要砝码。”

因为不知道奥密伽 7 星人将对人类采取什么惩罚措施，在场其他人都翘首以待。既想知道，又不想知道。

心里有鬼的吉茜卡，心里闪过一丝不祥的预感。如果说她的“蓝颜知己”为虎作伥，她就是那个“伥”的走卒。

凯恩教授心里也是五味杂陈。幸亏乌纳斯法老已经明确表示，将那笔巨额财产作为善款全部捐赠，否则，他也将为此深受良心谴责。

“这条信息显示，奥密伽 7 星人已经派出一名卧底，潜伏在我们的身边。”A2 缓声说道。

他的声调不高，却像在会场投下一个重磅炸弹。

会场顿时哗然。有人怀疑，如此绝密级信息，应该不会被人类破译。这种来自高等文明星球的情报，确实可信吗？是不是他们设置的引发人类内斗的引信呢？

更多的人在揣度，谁才是奥密伽 7 星人的卧底。

A2 做出让大家“安静”的手势，直接说道：“这个卧底，不在会场之内，而是在上海。她就是彼德的现任女友伊娃。”

听到这个消息，会场上反而变得悄无声息，所有人陷入难以置信的疑惑之中。

“有这种可能！彼德与伊娃被奥密伽 7 星人绑架到外太空，任何事情都有可能发生。”首先认为此信息可信的人是 A3。他在监控奥密伽 7 星球的过程中，掌握核心信息比较多。

这条绝密信息公开，促使吉茜卡心里发生复杂而微妙的变化。她当初主张交出彼德以换取人类安宁，遭到在场所有人反对，现在事实证明，他的女友是勾结外太空人反人类的卧底，证明当初她的提议并没有错。现在她又想提出，将伊娃作为人质扣押起来，与奥密伽 7 人谈判。就在她犹豫之间，反而下定一个决心，那就是无论如何处置伊娃，都绝对不能再把这个消息通报给她的“蓝颜知己”。

“伊娃是卧底？难道奥密伽 7 星人绑架了他们，就是为了收买伊娃？或者说，因为伊娃愿意成为他们的卧底，他们才被送回地球？”“猎鹰”凭借多年的反谍经验，提出了自己的质疑。紧接着，他又反问，“他们这么做，真实的目的是什么呢？”

“不管他们出于什么目的，我们都不能允许这种反

人类的间谍存在。我建议立即拘捕伊娃，把她作为我们与奥密伽7星人谈判的筹码。”坐在A3身旁的那位中将大声建议道。

今天有A2在场，他的态度比上次谦逊得多。

“我不同意!”凯恩教授强烈反对这种建议。

他有理有据地推出自己的观点：“首先，在没有完全弄清奥密伽7星人的真实意图之前，我们任何猜测都是徒劳的；再者，假设这份绝密信息真实可靠，奥密伽7星人将伊娃策反，派她到地球卧底，其目的充其量是想获取情报。如果将她作为谈判筹码，那么，奥密伽7星人愿意跟我们谈吗？他们摧毁人类是分分钟的事情，有什么好谈的？即便我们杀了伊娃，对奥密伽7星人而言无足轻重。他们能绑架伊娃，就能绑架张娃李娃，我觉得拿伊娃要挟奥密伽7星人，不但可笑而且幼稚。我们现在应该想想，三个国家的科技精英为什么坐在这里呢？不就是为了对抗奥密伽7星人删改人类记忆时长的行动嘛，难道我们商量来商量去，得出的结果是投降，那么我们还有必要如此大费周折吗？”

凯恩教授的话，让在场所有人陷入沉思之中。

A2认为，凯恩教授的建议值得推敲。在奥密伽7星人面前，人类的实力太弱小了。如果将伊娃作为人质要挟他们，就像小孩子拿走大人一支笔，面对面地说，不给糖就折断笔，大人能给他折断的机会吗？拿伊娃做人

质，只会更早地触发奥密伽7星人报复人类的时间点。

“立即派人去上海，先‘稳住’伊娃吧。”吴岳建议道，“我们宁可信其有，不可信其无。把她的所有行为置于我们的视线之内，我们就不会太被动。”

在座各位都明白吴岳的“稳住”，就是密切监视。在事态尚未明朗之前，这是对伊娃唯一可行的手段。

“在座各位，是不是认为伊娃这个人质的分量不够啊？”吉茜卡突然语出惊人。

吉茜卡这句话，像一记闷雷，轰到“猎鹰”的头顶。他惊讶地看着吉茜卡。

吉茜卡不动声色地说：“如果我们再加上对奥密伽7星人来说，其分量更重的人质，是不是就可以跟他们讲讲条件呢？”

“还有比伊娃分量更重的人质？”众人的目光全部集中在吉茜卡身上。难道这位来自美国FBI的女人，早就掌握了奥密伽7星人与人类相互勾结的秘密情报？

“一切皆有可能。这要看您提供的这个人对奥密伽7星人有多大的利用价值了。能让奥密伽7星人让步的人质，应该是什么样的人呢？您能不能说得具体一些？”A2不动声色地问吉茜卡。

吉茜卡似乎后悔自己贸然说出这句话。她犹豫一会儿后，问道：“我可以说，但前提是，我必须确定这里足够安全。”

吉茜卡的疑虑，也是所有人的疑虑。

在这场天人非等量级的对决中，人类步步处于劣势。更何况，奥密伽 7 星人在地球经营多年，难免在各个阵营中培植自己的力量。即便这里没有他们指派的潜伏者，他们的监控力量也是无所不在的，人类的一言一行、一举一动都会出现在他们面前的显示屏上。

“您放心，我可以确保这里绝对安全。”A2 简洁而果断地回答吉茜卡。

“猎鹰”摇摇头：“这好像不是靠嘴巴就能保证的问题。”

吴岳正色道：“我可以负责任地告诉大家，这里完全处于量子卫星释放的量子云团包裹之中，目前还没有检测到电子信号能够介入。同理，未经我们安全部门许可，任何通信信号也发不出去。参加此次会议的所有人，都经过安保部门严格甄别过的，也包括你我。如果，我说如果万一你公布的信息泄密，那么只有一种可能，他就是在座当中的某一位！”

吉茜卡听完 A2 的保证和吴岳的分析，马上打开面前的电脑，通过蓝牙连接会议室的投影仪。

屏幕上出现了一个六十岁左右的男性照片。他一身正装，面带微笑，颇有领袖风范。这种职业微笑，一看就是经过高级公关公司严格训练的标准模式。

“我说的人，就是他。”吉茜卡指着屏幕说，“遗憾的

是，到目前为止，我还不知道他的真实姓名。”

有图有真相。所有人盯着大屏幕上帅气的男人，等待吉茜卡的详细介绍。但吉茜卡后面的话，让他们感觉她只是开了一个不合时宜、一点也不好笑的玩笑。

“连真实姓名都不知道，还能知道他的真实身份？还能知道他是奥密伽7星人安插在地球上的重量级人物？这算是国际玩笑吗？”所有专家都在窃窃私语。

“虽然我至今不知道他的真实姓名，但是，他和我之间有一条绝对私密的联络通道。既然我把他说出来，我就不得不公开我的个人隐私，他就是和我秘密交往多年的‘蓝颜知己’！”

此时，夜已很深了。

会议室近似阳光的灯光，让与会者感觉不到时间流逝。这群科技精英夜不能寐，只因人类已经被奥密伽7星人逼到悬崖边上，每个人的神经都绷得紧紧的，似乎忘记了一切。

此时，吉茜卡导演的步步惊心谍战剧，一个爆点接着一个爆点，让人都着急地等待着她的下一句话。

A2率先冷静下来：“他就是你的情夫吧？”

吉茜卡强忍出卖情人的阵痛，咬牙点点头。她突然又觉得不妥，又坚决地摇摇头：“他是——我心目中的男神，是我生活的唯一支撑。但是，他也是我的仇人、我的敌人！”

恋爱中的人，往往因爱生恨，因情成仇，这是常事。他们之间究竟为何从情人变成仇人？如果这种关系不能及时厘清，对甄别她提供这条线索的真伪将产生巨大的影响。

A2 的思路并没有跟随吉茜卡的爱情故事走，平和地追问："吉茜卡女士，谢谢你为我们提供了这条线索。虽然我们无权窥探你的感情隐私，但是，你既然说这位男士比伊娃更有利用价值，那么就请你详细讲一讲，你们什么时候建立的情人关系，什么时候又成为仇人，他目前的公开身份是什么。这些，也许都是大家迫切想知道的问题。"

吉茜卡若有所思，低头极力掩饰自己的负面情绪。坐在她身旁的"猎鹰"一改强悍霸道的作风，体贴地抽出一张面巾递到她手上。

吉茜卡拭去即将流出的泪水，用真诚而忏悔的眼神看了看 A2，然后又恳切地和所有人做了一次短暂的目光交流。她从所有人的鼓励眼神中，明显感受到理解与鼓舞。

她面对 A2，低沉而缓慢地说道："我先回答你第二个问题。你们要问他在什么时候从我的情人变成我的仇人，我告诉你们，就在刚才休会的时候。

"至于原因，也很简单。原来，我只是将他看作我未来的生活伴侣、事业上的导师。而就在刚才，他却告

诉我，他早与奥密伽 7 星人建立联系，并帮助他们无底线地攫取人类的智慧能源。为了加速人类死亡的速度，他协助奥密伽 7 星人，在地球上制造了 911 恐怖袭击、伊拉克战争、阿富汗战争、叙利亚战争，等等。可以说，世界上所有战争，都是他们在背后操纵的，其目的只有一个，保证奥密伽 7 星人智慧能源的供应。奥密伽 7 星人答应，在合适的时机，把他推上美国总统的宝座。到那时候，他将掌握更大的权力，启动地球上最强大的战争机器，发动更大规模、更高频次的战争。他发战争财，奥密伽 7 星人获取智慧能源，彼此双赢!"

吉茜卡对近些年世界上出现的战争，给出另一种解释，让在场所有专家瞠目结舌。

吉茜卡似乎不容大家提问，继续说道："他为什么从我的情人变成我的仇人?"

说到这里，她已经泣不成声，泪水抑制不住地夺眶而出。

大家给予她时间思考，给予她空间喘息。

"我的初恋，我的罗伯特，就在那场该死的战争中永远离开了我……傻傻的我，今天才弄清楚，那场该死战争幕后推手竟然是他!"

吉茜卡指向大屏幕上满脸微笑的男人，夹杂着怒火的目光，如同两支利箭直射屏幕。

众人的目光，也锁定在屏幕上。

吉茜卡举起右手，宣誓一般对众人说道：“他命令我将此次会议上各国发布的重要信息，及时向他反馈。我在此向上帝发誓，我忠于我的信仰、我的祖国、所有热爱和平的人民，恪守会议纪律，没有向他透漏过此次会议的任何信息！”

吉茜卡的话像一阵飓风，吹散了萦绕在“猎鹰”心头的重重迷雾。

他终于在一团乱麻似的疑惑中，梳理出一条串联全局疑点的黑色线索。他的两位得力干将安东尼和莉莉，在窃取赵亚文生理样本过程中，总是功败垂成。莉莉费尽心机，创造了一个又一个机会，却总是鬼使神差地出现差错。

更可恨的是，FBI 旧金山分局竟然横插一杠子，把赵亚文从旧金山东区警局带走。

吉茜卡供出幕后的巨大黑手之后，一切疑惑都得到了合理的解释。所有不正常的现象背后，都有一个正常的存在。

“猎鹰”自从业以来，在军界、政界游走多年，凭借拥有崇高的威望和别人难以企及的资历，才接手“火狐计划”，没想到因为有人为一己私利从中作梗，让他一而再，再而三地受到重创。

让他更加恼火的是，许多重大决策已经实施，作为直接负责人的他，竟然毫不知情。

他再次想起杰克的话，这一切诡异现象的背后，确实存在一个“更为强大的对手”。

如果吉茜卡所言属实，她的那个“蓝颜知己”就是阻止“火狐计划”实施的“背后更为强大的对手”，至少他是那些强大对手的帮凶。

吉茜卡的一番话，不但触发“猎鹰”不断反思，而且还像一条重磅牵引绳，牵扯着与会人员把自己经历的一切进行串联、并联。

A2 的脑海里也卷起风暴。最新破译的情报显示，彼德的女友伊娃是奥密伽 7 星人的卧底，吉茜卡又说她的情夫是奥密伽 7 星人的卧底，孰真孰假？别说他们都在为虎作伥，哪怕只有一个，都对人类的安危具有不可估量的破坏力。

“这个问题必须搞清楚，不能再耽搁。”A2 站起来，轻轻击掌。会场顿时安静下来。

“请大家静一静，我们还是请吉茜卡女士把关于‘蓝颜知己’、我们姑且称他为‘蓝颜知己’，他们之间交往的一些细节陈述一下。如果他确实是奥密伽 7 星人安插在地球的卧底，也许我们从他们日常交往的细节中，可以获得更多有价值的信息。”

谁也没想到，吉茜卡“腾”地一下站起来，厉声吼道：“我已经牺牲了我该牺牲的。如果你们还想让我做什么，就请你们送我回美国，抓住那个披着人皮的禽兽，

让他亲自向你们交代他的罪行。其他事情，我没有心情回答。”

A2 理解吉茜卡的冲动。一生只爱一个人，那个人却是披着羊皮的狼。这样的事情，任何女人都受不了，不可能愿意触及自己受骗的伤疤。

求人不如求己。现在中方最应该做的事情，就是不惜代价修复“候风灵动仪”，掌握奥密伽 7 星人的实时动向，再做出应有的应对。

第八十三章 设备再生

北京西山某军事重地。

三国专家联席会议陷入僵局。

A2心里很清楚，此时从吉茜卡口中，根本不可能获取有关“蓝颜知己”有价值的信息。她头脑发热，气火攻心，只想亲手抓捕这个败类，为在战争中殒命的恋人和更多的同胞报仇雪恨。

正当A2沉吟之际，会议室的门被悄悄推开。一个身材高挑、冷艳高傲的女人走进来。

她外穿黑色职业西装，内衬质地上乘

的白色衬衣，腋下夹着一个红色文件夹。那双美丽但充满警惕的眼睛，利剑一般扫视会场后，径直走到 A2 身边，把打开的文件夹递过去。

与会者认识她，她是 A2 特别助理胡茜茜。也只有她，能自由出入这个会场。

A2 接过文件夹，一行醒目的标题映入他的眼帘，紧锁的眉头顿时舒展开来。

赵笃甫家楼下客厅。

伊娃、彼德、莉莉、赵亚文和伊莎贝拉坐在一起聊天。

突然，伊娃感觉眼前众人身上出现一股股彩色气雾。

伊莎贝拉头顶散发出的彩色气雾，像一股清泉汩汩流淌。

蓝色和粉色气雾，在赵亚文和莉莉的头顶盘旋。

更多更浓的多彩绚烂的气雾盘旋在彼德头顶。

眼前不同色彩的气雾越来越浓，迫使伊娃闭上眼睛。顿时，她仿佛看到自己置身于一片广袤的五彩海洋中，不同色彩的巨浪在大海与天空之间翻滚升腾。一艘巨轮从天际线缓缓驶来。这艘巨轮的桅杆上，一面五彩旗帜高高飘扬。

巨轮渐行渐近，她似乎看到了桅杆上那面旗帜上的图案，貌似是这艘巨轮的标志。正当她试图看清是什么

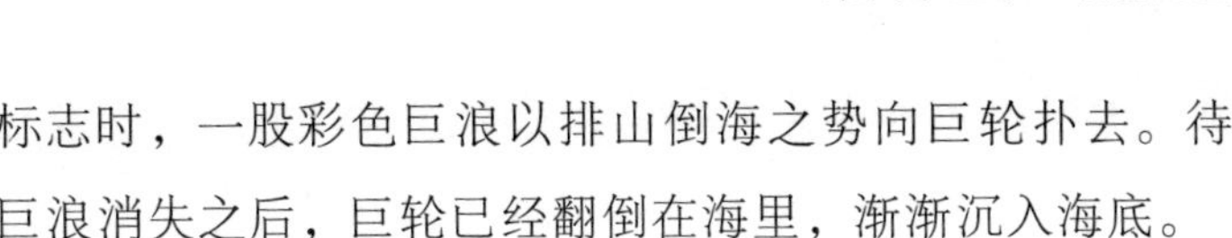

标志时，一股彩色巨浪以排山倒海之势向巨轮扑去。待巨浪消失之后，巨轮已经翻倒在海里，渐渐沉入海底。

伊娃认定，彩色气雾一定与人类的自身修为、思想境界存在着某种关系。具体是什么关系，她暂时还不能完全弄清楚。

然而，她没想到的是，当她启用第四维度境界的能量感知人类脑电波时，也就是把人类的脑电波变成她眼前可见的彩色气雾时，她的脑电波携带的能量，已经超出普通人数万倍。这种携带高能量的脑电波，与北京的“候风灵动仪”和埃及胡夫金字塔内监测设备发生能量对冲，瞬间将之摧毁。

埃及胡夫金字塔内最后一台监测设备承受不了莫名的巨大能量冲击而爆表时，也正是伊娃观看赵笃甫和赵步蟾的棋局缠斗最激烈的时候。由于她用力思考复杂的棋势，不知不觉地启动了第四维度境界的能量，从而看见了眼前弥漫着股股彩色气雾。

启动第四维度境界的能量，伊娃的脑电波强度就能超出普通人数万倍。这种高强度的脑电波被埃及胡夫金字塔内的监测设备检测到，因超出其承受力而爆表。值得庆幸的是，那台检测仪器在“殉难”前，留下了一段奇怪的图谱。

这段短短的图谱，既有人类脑电波的特征，又有外太空能量冲击波的特征。但是，根据估算，这个信号源

与胡夫金字塔的距离，不会超过地球半径。

只是，在金字塔旁值守的中、埃双方科研人员，因所有检测仪器再次爆表陷入慌乱之中，谁也没有留意这段非常有价值的图谱。

凌晨，北京西山某军事重地内三国专家联席会议依然继续。

A2 盯着特别助理胡茜茜刚才送来的文件，眉头渐渐舒展：

“候风灵动仪”在贵州完成升级并试运行。

把瘫痪的“候风灵动仪”升级改造，嫁接到贵州那台世界最大的单口径球面射电望远镜上。这只是他的一个构想，没想到这么快就能完成并启用。

那台射电望远镜，已经建成多年，并不断地升级改造，已经成为地球上名副其实的“天眼”。

当年，这是由中国国家科学教育最高领导小组审议确定的国家九大科技基础设施之一。利用贵州南部喀斯特洼地的独特地形条件，采用中国科学家独创设计而建设的高灵敏度巨型射电望远镜。

这个“天眼”直径大约五百米，面积相当于三十个足球场。

那时中国的科学技术、建筑水平还没有像现在这么发达，但设计制造者们，还是创作了这个“天眼”奇迹。

“天眼”的“眼眶”，是一圈钢铁圈梁。圈梁由 50 根 6－50 米高的钢柱支撑，周长约 1.6 公里。

圈梁往下的巨大天坑里，星罗棋布地排列着一个个“网结”组成了“天眼”的“视网膜”。

“天眼”的“眼力”更是神奇，从地球一直延伸到太阳系的外缘，并将深空通信数据下行的速率提高一百倍。

后来经过几代人不断地完善，到现在几乎把“天眼”的作用挖掘到极致，已经成为地球和外太空的高速信息通道，并且在这个通道中，可以加载各种黑科技的尖端产品。

得知升级版“候风灵动仪”成功加载在“天眼”上，A2 不由得轻轻拍案，惹得全场专家莫名惊诧。

刚才还眉头紧锁，现在喜笑颜开，难道剧情又出现反转？邻座的吴岳轻轻碰了碰 A2 的肘部，指指红色文件夹。

吴岳作为“大觉计划”科研组核心成员，涉密权限也是很高的。

经吴岳提示，A2 又恢复到面如止水的状态，略略沉思后，把红色文件推到吴岳面前。

吴岳看罢，仿佛一下子年轻了好几十岁，攥紧拳头

挥了几下。

“朋友们，升级版的‘候风灵动仪’与‘天眼’现实无缝对接！可以这么说，他们破坏了我们一颗手榴弹，我们又造出了一颗导弹。”A2 平和地说道。

吴岳和所有与会者起身鼓掌。掌声经久不息。

A2 站起身来，双手下压，做出让大家“请坐下”的手势。

中国的“天眼”，美、埃专家虽然对其有一定的了解，但其不断升级、完善、增项，且对外严格保密，他们也不知道它强大到什么程度。

他们已经领略了原有“候风灵动仪”的厉害。通过它，中国专家已经破译了“天文”，掌握了宇宙霸主的一些动向。现在它完成升级，又与神秘的“天眼”“联手”，是不是将成为反制奥密伽 7 星人的秘密武器呢？

“对不起各位，之前我方有一条重要信息没有及时向各位披露，一是怕影响诸位信心，再者我们也考虑到不确定的安全问题。”

“中方隐瞒了一条重要信息？是什么？为什么不及时披露？”与会者听到这个消息，纷纷猜测。

甚至有人已经对此感到不满。大敌当前，既然选择联袂作战，任何刻意隐瞒都可能给合作方带来不可估量的损失。

A2 见各位情绪不对，赶紧说道：“诸位可能注意到

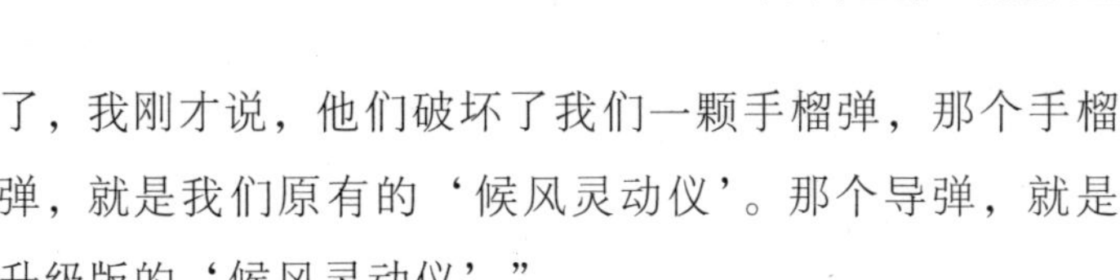

了，我刚才说，他们破坏了我们一颗手榴弹，那个手榴弹，就是我们原有的‘候风灵动仪’。那个导弹，就是升级版的‘候风灵动仪’。”

“‘候风灵动仪’被奥密伽7星人摧毁了？”与会者难以置信。

他们不敢相信，依仗获取天外信息的“耳目”，居然瘫痪了。这么多人两眼一抹黑地坐在一起，还像煞有介事地商讨对策，多么可笑啊！

A2说：“我们的‘候风灵动仪’，是这场天地对决中不可或缺的一台重器，前两天遭遇到不明来历的超强能量波冲击，彻底瘫痪了。但是，中国有句古话，叫‘塞翁失马，焉知非福’，我们的升级版或者加强版的‘候风灵动仪’却因此诞生了。”

“啊？真的吗？”全场的专家学者不约而同地呈现出惊讶的表情。

听到这条消息，“猎鹰”的感觉先是生气，后是震惊。

他生气的是，中方缺乏合作诚意，不应该隐瞒如此重要的信息。震惊的是，中国的科技能力如此强大，这么短的时间就补上了这个漏洞，估计美国都不可能有如此高的效率。向来以世界老大自居的美方代表，感到脊背阵阵发凉。

只是，“猎鹰”还不知道，埃及方面，也隐瞒了埃

及胡夫金字塔内检测设备也在同时处于瘫痪状态。

骄横的“猎鹰”强忍“委屈”，用较为平和的口气责问 A2：“这么重要的信息，您应该让我们第一时间知道啊，否则我们坐在这里有什么意义呢？”

“‘猎鹰’先生，各位专家，因中方没有在第一时间通报这个重要信息，我再次向各位表示歉意。不过，请各位考虑一下，如果我们把所有信息不加‘过滤’地通报给各位，我们还有心情坐在这里研究对策吗？”

不是开始就约定彼此开诚布公吗？怎么还要过滤呢？所有信息不加以过滤，各位专家就要打道回府？

各位专家一脸疑惑地看着 A2。

A2 见大家质疑，略略沉思，就决定把话挑明：“我们之所以有选择地把情报通报给各位，是因为我们面临一场史无前例的天地对决。谁敢说人定胜天？奥密伽 7 星人，就是中国神话中的神仙，无所不能。谁敢说人类一定能战胜他们？我们只是不希望在座各位自乱阵脚，未战先输。如果你们知道埃及胡夫金字塔内的监测设备与‘候风灵动仪’同时瘫痪，我们都成为聋人和盲人，还有心情安心坐在这里群策群力吗？当然，这几天我们一直期待美方能够提供一些有价值的情报，可是，很遗憾！”

A2 巧妙地将话锋转向“猎鹰”，尽管口气很友善，表达很委婉，还是刺痛了“猎鹰”的痛处。

“猎鹰”无奈地摊开双手，耸耸肩，脸上露出一丝苦笑。

见 A2 提到胡夫金字塔内检测设备全军覆没的事情，凯恩教授站起来，深深地向各位专家鞠躬：“各位尊敬的朋友，因为某种需要，我们也隐瞒了胡夫金字塔内检测设备毁坏的消息。我在此向各位表达歉意!”

凯恩教授的致歉，让全场专家发出善意的笑声。“猎鹰”和几位美方专家，脸上的微笑比较勉强。

看到“猎鹰”和美方专家的表情，A2 不想在谁是谁非上浪费时间，果断更换话题：“凯恩教授，过去的事情就让它过去吧。下面我给在座各位专家介绍升级版的‘候风灵动仪’和‘天眼’吧。”

全场响起热烈的掌声。

“各位专家都清楚，我们知道宇宙中存在 99% 的质量和能量，但至今还不知道它的特性是什么。我们拥有了‘天眼’以后，可以寄希望于这个目前世界最大的‘眼睛’，在太空中寻找暗物质、暗能量，当然，或许还能寻找到外星人，帮助我们解开宇宙起源之谜。有了‘天眼’，不仅让中国天文学家获得了探索宇宙的长度和精度，全世界的天文学家也随之受益。

“我们知道，探听地球之外的音讯，‘天眼’的能力和其直径大小息息相关。简单来说，眼睛越大，看得越远。我们的‘天眼’之所以特殊，因为它并非‘死眼’，

它的索网结构可以随着天体移动自动变化，而且可以带动索网上4450个可以活动的反射面板产生变化，足以观测到更大天区的天体。同时，馈源舱也会随索网一同运动，采集天体发射的无线电波。这就如同人类转动自己的眼珠，调整视线的方向，遥远的太空对它来说将不存在触及不到的死角。

“要问现在的‘天眼’的视野有多远，恐怕远在百亿光年外的射电信号，它都可能捕捉到，还可能发现高红移的巨脉泽星系，实现银河系外第一个甲醇超脉泽的观测突破。还可以搜寻识别可能的星际通信信号，寻找地外文明，等等。

“‘天眼’建成这么多年来，发现脉冲星无算，这就为研究极端状态下的物质结构与物理规律提供了更有价值的数据信息。当然，依托这个‘天眼’，我们也发现了奇异星和夸克星物质；发现中子星——黑洞双星，而无须依赖模型精确测定黑洞质量；还可以通过精确测定脉冲星到达时间来检测引力波；作为最大的台站加入国际甚长基线网，为天体超精细结构成像。”

“这么说，中国的‘天眼’与美国300米口径的阿雷西博射电望远镜相比，其灵敏度要高出好多倍。当时，我们这个项目，曾经被评为人类20世纪十大科研工程之首的项目啊！当然，‘天眼’和德国的埃菲尔斯伯格100米口径望远镜相比，你们的灵敏度要比他们提高了千余

倍不止啊。”

“猎鹰”不愧是这方面的专家，他迅速计算出中国“天眼”在精度方面已经完全超越美国阿雷西博射电望远镜。他在悻悻之余，拿出德国的埃菲尔斯伯格天文望远镜解嘲。

A2 听出“猎鹰”所言的用意，没有过多纠缠，接着抛出所有专家更关心的升级版“候风灵动仪”。

他说：“早在 2017 年 10 月，‘天眼’就在太空中发现了距离地球约为 4100 光年和 1.6 万光年的两颗新脉冲星。那是它首次发现脉冲星，也是世界上发现的最远的脉冲星。这一重大发现，立刻引起了全球天文学界专家的关注，连当时的西方媒体都发表评论称，‘这是国际天文学界最令人激动的事件之一’。

“截至目前，‘天眼’已经接收到众多的来自遥远宇宙信号，探索到上千颗脉冲星。为人类发现宇宙中的秘密提供了更多的资料，让探索地外文明成为可能。

“我们升级版‘候风灵动仪’与‘天眼’巧妙嫁接后，它的信号接收仪在利用原有的探测端同时，还兼容接收‘天眼’的信号。这样一来，我们能在‘天眼’探测范围内轻而易举地监测到来自太空中的信号。事实证明，升级版‘候风灵动仪’已经探测到奥密伽 7 星人发出的最新情报，现在正由中方专家组进行甄别、破译。各位马上就能看到。”

第八十四章　通宵商讨

北京西山某军事重地。

深夜，三国专家还在热烈讨论，他们似乎忘记了时间。

A2 向与会者传达了最新信息，把他们从沉闷、沮丧的氛围中拉出来，一下子变得活跃、兴奋。

“猎鹰”长舒了一口气。作为谍报界的高手，他心里很清楚，多年来这只不断完善进步的人类制造的“天眼”，探测距离已经延伸到外太空，辨识宇宙中的各种信号，为人类探索宇宙的秘密提供更多的

帮助。愿上帝保佑，人类拥有了这个神器，在这次与奥密伽 7 星人的天地对决中，不要处处被动挨打，还不知道怎么挨的打。

他好整以暇地侧身打量旁边的吉茜卡。此时，他已经被眼前这位漂亮的女人彻底折服了。

他是大男子主义，向来不相信女人。这次上峰命令吉茜卡协助他到北京开会，他接受的是命令，但绝对不是吉茜卡。

事实证明，上峰的决策是对的。吉茜卡不但为他提供细致周到的服务，冥冥之中还赐予他一种神秘的力量。想到此，他摇摇头，哑然失笑。

他觉得吉茜卡那位“蓝颜知己”，亲自导演了一出可笑的乌龙剧。现在可以肯定的是，彼德失踪后，莫名其妙地将获取赵亚文生理样本的机会让给 FBI 旧金山分局，一定是他为了自己不可告人的目的暗中操控。也正是那位“蓝颜知己”背后的运作，不经过自己甚至自己上峰同意，依靠手中的权力，强行把吉茜卡塞进前往中国的团队。现在看来，这位“蓝颜知己”的苦心经营，用中国一句民谚形容，就是“偷鸡不成反蚀一把米”，不仅没有通过吉茜卡获取三国专家联席会议上的任何机密，反而把她自己也搭进去了。

想到此，“猎鹰”突然好像悟到了什么，兴奋地揉揉眼睛，仿佛拨开了迷雾，看到真相似的对吉茜卡说道：

"吉茜卡，我现在选择信任你。你刚才提供的信息太有价值了。我前前后后想了一遍，根据你提供的这些信息，不妨从你提出的核心问题'奥密伽 7 星人究竟想要什么'延展，从你的'蓝颜知已'指使你所做的一切来看，可以断定，奥密伽 7 星人想获取彼德及其家人的 DNA 等生理数据。据我分析，他们之所以想获取这些数据，一定和我们有同样的诉求，那就是试图复制或者克隆出无数和彼德一样拥有超凡智慧的优秀物种。"

"猎鹰"开诚布公地对吉茜卡讲出这么重要的话，出乎所有与会者的意料，纷纷把目光集中在他们身上。

凯恩教授受"猎鹰"的启发，脑洞大开，接着补充道："'猎鹰'的分析非常有道理。正因为奥密伽 7 星人有这样的诉求，才会冒着极大风险到地球上绑架彼德。我们暂时无法判断其中发生了什么，但绝对不会无故把他们毫发无损地再送回地球。我们看到的结果是，通过四维空间时光隧道，他们把彼德和伊娃异变成了具备生育能力的成年人。他们这么做，应该不是获取彼德 DNA 那么简单，因为他们曾经有很多这样的机会，没有必要再费周折。我认为，他们想让彼德和伊娃为他们生产出一个复制品，然后再利用这个复制品做什么。"

A2 首先鼓掌："凯恩教授推理得很有意思，也要感谢'猎鹰'先生抛砖引玉。'猎鹰'先生，您的分析很有道理，不知道是无意还是坦率，您已经向各位说出美

方的真实动机。”

“猎鹰”得到A2的肯定，像得到褒奖和认可一样，脸上露出得意自信的微笑，然后听到A2略带调侃和友好的揭短，脸上的微笑瞬间消失，变成尴尬的苦笑。

他转头望着A2。两个人相视而笑：“哈哈，哈哈！”

“现在我们面临共同的天敌，彼此只有相互信任，精诚合作，才有一线生机。”“猎鹰”尴尬地给自己的笑声做个注脚，也算是给自己不光彩的过去打个圆场。

“既然美方代表以诚相待，我们也实话实说。其实，我们早就知道你们对彼德一家人已经采取行动。至于让赵亚文进入国际空间站，安排他进行各种体检，不过是为了不动声色地获得他的生理样本。作为竞争对手，我们也不能只做围观群众，利用赵笃甫百岁华诞的机会，让他们主动离开了你们的势力范围，呵呵！”

“哈哈，哈哈！”全场人都被A2的真实段子逗笑了。

A2适时挥挥手，把与会者的思绪拉到会场：“看来，我们在和宇宙霸主奥密伽7星人争夺同一个目标。他们占天时，我们占人和，谁能笑到最后，就看我们团结到什么程度。当下我们要做的，就是将彼德、伊娃，还有吉茜卡女士的‘蓝颜知己’‘稳住’啰！”

吴岳接着A2的话题继续补充道：“‘稳住’，对，不能贸然出手，我们一边‘稳住’，一边还需要好好商量一下对策。我研究人类记忆与心理学这么多年的心得告诉我，对于这三个人，我们必须对症下药，采取让他们最舒服的‘稳住’的方法，不能简单地将他们列为人质对待。”

夜更深了，会议室里的专家们仍旧热火朝天地讨论着，每个人都没有倦意。这些科技精英已经深刻地感到，奥密伽 7 星人留给人类的时间不多了。现在他们的每一分、每一秒，已经不再属于自己，而是属于全人类。

中国上海，赵笃甫家中。

时值仲秋，江南的气候格外清爽，柔和的微风中不时地夹带着瓜果的芳香。有时，还夹杂着当地时令美食糖炒栗子诱人的甜香。

赵笃甫家后院里，有两棵茂密的桂树，绿叶婆娑，树丫间朵朵金黄色的桂花随着微风，吐出沁人心脾的幽香。

一楼厨房里，小吴阿姨已经把粽子煮熟，糯米与苇叶混合而成的独特清香，与桂花香糅合在一起，把坐在桂花树下石凳上沉思的赵亚文紧紧包裹。

他似乎无暇顾及江南仲秋时节美妙的嗅觉盛宴，心中一直惦记着他的团队成员太空体检的结果。

他看看时间，现在美国西部已是下午。他拿出手机，拨通特别助理斯蒂夫的电话。

斯蒂夫的汇报让赵亚文感到沮丧：“头儿，我们的

体检报告昨天出来了，竟然全军覆没！”

“不会吧？四个人没有一个通过的？”赵亚文难以置信。

“我已经和那面核对过N次了，准确无误。看起来，咱们这一行的活儿，还真不是人干的，劳心受累，烧脑伤肺。他们说，咱们目前的健康状况，别说上天，就是上楼都够呛！我是30岁的年龄，80岁的身体，透支严重。”

赵亚文听着斯蒂夫的牢骚话，沉默了。他深知，斯蒂夫所言虽然有些夸张，但不得不承认，科研人员根本无法像普通人那样有规律地作息。尤其近半年，团队成员更是经常日夜连轴转，休息成为一种奢侈的渴望。

赵亚文沉默不言，让斯蒂夫感觉他对此很失望，接着说道：“大个子保罗还有一线希望，他的所有体检数据合格，唯独体重超出五公斤。合作方说，如果他能把体重控制在规定范围内，可以考虑让他登上太空。这两天，大个子也是拼了，基本不吃饭，靠水果和自来水度命呢。”

斯蒂夫故意说得很幽默，不想让赵亚文再把失望变成绝望。

其实，他们根本不知道，即便可怜的保罗减肥成功，合作方也不会给他们提供进入太空的机会。

看到赵亚文忧心忡忡地挂断电话，彼德轻轻地走到

他身旁，伸右手轻抚他略微发白的鬓角，欲言又止，继而用力地拥抱他。

赵亚文仰头看了看比自己高出半头的彼德，眼中流露出无限的慈爱。

明天，就是赵笃甫的百岁诞辰。这个隆重而俭朴的生日宴会，在袁主任的精心安排下，该邀请的嘉宾一周前就收到了邀请函，并确认届时到场。

寿宴大厅内，张灯结彩，洋溢着喜庆的气氛。嘉宾座次按照重、亲、近的关系清晰排好。

经赵步蟾、赵亚文夫妇提议，彼德和伊娃同意，决定在寿宴上为彼德和伊娃举行订婚仪式，给百岁的赵笃甫一个天大的惊喜。

这绝对不是父母包办的婚姻。

那天，在外滩的水泥桩前，外向、大方的伊娃主动向彼德敞开心扉，彼德也爽快地接受了伊娃的求爱。他们站在黄浦江边，发誓此生相守，不离不弃。

回家后，他们把确定恋爱关系的消息，告诉了赵步蟾和荷茜。

赵步蟾非常喜欢漂亮、乐观、爱学习的伊娃，早就想让她成为自己的孙媳妇，没想到这么快就如他所愿，乐得合不拢嘴。

他告诉伊娃，当年他就是在外滩那个半截水泥桩前，向深爱的奶奶求爱的。没想到孙子竟然复制了自己的爱

情故事，这才是真正的天作之合。

赵步蟾认为，婚姻乃人生大事，得到父母的祝福才能真正幸福，建议伊娃征求父母和爷爷的意见，争取得到他们的支持。如果他们不反对，邀请他们在赵笃甫百岁寿诞之日，来上海参加她的订婚仪式。

伊娃的父母和爷爷，早就把彼德视为己出。得知他们订婚的消息，也非常高兴，第一时间送上祝福。他们说，如果时间允许，他们会赶到上海。如果来不及，他们会在美国给他们举办西式订婚派对。

赵亚文夫妇对彼德和伊娃确定恋爱关系，也非常支持。

见两个年轻人都到了父母诚挚的祝福，赵步蟾很开心，当即给袁主任打电话，征求寿诞仪式中增加彼德的订婚仪式。

没想到，袁主任听到这个消息非常高兴："我们正担心这次赵老先生百岁寿诞的仪式过于简单呢，增加彼德和伊娃的订婚仪式，喜上加喜，好事，好事！"

其实，促成彼德和伊娃确定恋爱关系，也是袁主任接受北京方面布置的任务。作为外人，她不好直接参与，只能暗中点拨，提供触发他们情感热点的空间。

得知彼德和伊娃确定恋爱关系，袁主任如释重负。

今夜的月色格外皎洁。彼德静静地独坐在后院的凉亭里，凝望夜空中即将丰满的月亮。

他的记忆之门似乎再次打开，在历史的长河边徘徊，看到了悲剧一次又一次地被复制，陷入痛苦之中无法自拔。

伊娃走过来，轻轻地偎依在彼德身上。彼德身上散发的阳刚之气，又让她沉浸在即将与彼德订婚的喜悦之中。不久，她将成为彼德的新娘，成为他生命和生活中的一部分。

她理解彼德内心的孤独。他知道别人一辈子都无法知道的事情，能洞悉别人绞尽脑汁也无法窥见一二的全貌。他就像站在珠穆朗玛峰上的人，虽然高于一切，但没有人能看到他，也感知不了他的寒冷。

她没有把彼德的思绪拉回，只是轻轻地挽着他的胳臂，和他一起仰望星空。

月亮已经快满圆了。

今年中国的国庆节和中秋节连在一起，太爷爷的百岁寿宴、自己和彼德订婚，对初次来到中国的伊娃来说，可谓好事连连。

满心欢喜的伊娃遥望北方，竭力寻找那颗最大最亮的北极星。但是，明亮的月光让所有的星星黯然失色，她的思绪也追随着若隐若现的星星，飘向遥远的太空。

正当他们遥望星空，在自己的思潮中沉浮时，一阵轻微的脚步声传来，随之两条温暖的毛巾被覆在他们的后背上。

伊莎贝拉面对此刻的他们，依然像面对七八岁的他们，微笑着说："孩子，中国江南的秋天昼夜温差大，千万别着凉感冒，明天你们也是主角！"

"谢谢妈咪！"彼德起身，深深地拥抱伊莎贝拉，轻轻吻了一下她的脸颊。

一股暖流同样涌入伊娃的内心深处。

这股暖流，也激发出她藏在心底的那些疑问。

彼德并没有和赵笃甫、赵步蟾在一起生活，他身上为什么会有他们的优点呢？

参照网上提供的中国上流社会拥有的财富数量，赵家人的财富，可能连他们的零头都算不上。赵家既没有豪车，也没有符合世人标准的豪宅，他们为什么如此淡薄平和知足知止呢？

经过这些天和他们相处，伊娃注意到，他们对于任何事，认真不较真，包容不纵容，分寸总是拿捏得恰到好处。

他们身上的这些优点，看是无争，却在无形之中，彻底征服了自己。这是什么样的同化力和感染力呢？

这些疑问，在伊娃的脑海中，像天空的流星一样转瞬即逝。她觉得东方的文化太神秘了，不是她一朝一夕就能参悟透的。

也许，她参悟透了这种神秘文化，也就知道彼德为何具有超出常人的智慧了。

北京首都国际机场。

奥莉维亚和杰克透过候机大厅的落地玻璃窗，目送东方航空公司的空客 A300 大型客机冲向云霄。

三国专家联席会议凌晨 5 点结束，制定出一套应对奥密伽 7 星人的计划。“猎鹰”连夜向白宫做了汇报，白宫指示“猎鹰”与吉茜卡即刻启程，返回美国待命。杰克和奥莉维亚留下继续作为美方代表参加会议。

中国军方派车把他们送到机场，为“猎鹰”与吉茜卡办好登机手续。

A3 也离开会场，单独前往上海，与已经在上海集结待命的“大觉计划”特别行动小组会合，赶赴赵笃甫百岁华诞宴会现场，准备“稳住”伊娃。

第八十五章　时空错乱

奥密伽 7 星球安全总部。

近期，西格玛的思绪越来越紊乱，甚至感觉最熟悉的时空也错乱了，看来他不得不承认自己垂垂老矣。

西塔和埃它最近取得的成就，既让他感到欣慰，也让他觉得后生可畏。他们年纪轻轻，就能娴熟地把第四维度境界的能量，转化成携带高能量的超强蓝光，直抵地球，让不可一世的人类不再敢藐视高智商的宇宙霸主。

自从法相汉娜入阁，她便在各种场合

对西格玛进行贬损、诋毁和中伤，总之一句话，她认为劳苦功高的西格玛，年老色衰，已经跟不上时代的发展，跟不上年轻人的节奏，应该退居二线或者回家养老。

对于不是凭能力和业绩荣登法相之位的汉娜，西格玛自然有各种不服。就冲她对他无中生有的蔑视，他也想用事实告诉她，什么叫老当益壮，什么叫老而弥坚。

当然，近期发生的一些事情，让他不得不开始怀疑人生。

以前汉娜对他还是兜兜转转，现在已经当面亮剑：

“根据人类现在的所作所为，可以断定，他们已经能通过科技手段监测并破译我们的言行。低智商人类的科技水平提高得如此之快，肯定是我们内部出现了内鬼，包括你安插在地球的卧底，恐怕他们早就忘记自己是奥密伽 7 星人了。”

现在安全总部面临的窘境，让西格玛心力交瘁，根本无力反击汉娜。奥密伽 7 星人与人类展开星际大战，这时候她翻出陈年老账，难道是想一旦奥密伽 7 星人失败，让他当替死鬼？

西格玛不敢懈怠，与西塔、埃它一起密切关注地球上三个重点地区，特别是中国的北京，美、中、埃三国科技专家聚集在那里，商讨反制奥密伽 7 星人的对策；上海，彼德和家人庆祝赵笃甫的百岁寿诞；埃及的金字塔，是获取奥密伽 7 星球信息的重要源头；美国，也在

秘密筹划，准备克隆一批像彼德那样消耗奥密伽 7 星球智慧能源的人。

埃它通过监控视频发现，美国的“猎鹰”和吉茜卡已经在北京登上飞机，准备飞往美国华盛顿。按照地球时间计算，12 个小时后，他们将在美国巴尔的摩华盛顿国际机场降落。

“奇怪，这是地球几天前的航班信息，我们这里怎么才有反应？不应该啊！”埃它百思不得其解。

西塔也注意到这种现象。他回看视频画面，一帧一帧地检查，发现一块航班信息显示屏上，清楚地显示着“猎鹰”的登机时间。与奥密伽 7 星球时间换算之后，证明刚才捕捉到的信息，确实是过时的。

“爷爷，按理说，您这里显示的监控信息，应该与地球同步，这件在地球上发生了好几天的事儿，怎么才传到你这里呢？”西塔看着西格玛问。

对于这个问题，西格玛也是丈二金刚摸不着头脑。自从他掌管安全总部以来，还从未出现过如此情形，难道上天也欺负自己老迈了？

西格玛第一个想到的可能性，是汉娜从中捣鬼。这个老虔婆不再信任他，派人改写了奥密伽 7 星球传输系统的时间程序，导致信息传送滞后。这样，汉娜就会先他一步得到有价值的信息，然后把无用的信息再转发给他。如果真是如此，贻误战机的罪过扣在他头上，他也

百口莫辩！

“孩子，马上切换到监控中国上海的频道。”

西塔立即将监控频道切换到中国上海，监控画面显示，在赵笃甫家里，伊娃坐在赵步蟾和赵笃甫身旁观看对弈。

“不对，你们刚才告诉我，根据卧底的线报，此时他们不是正在举办赵笃甫的百岁寿诞的仪式吗？”

监控画面上虽然没有显示地球时间，但是，结合以前监控信息分析，这肯定是赵笃甫百岁寿诞前几天发生的事情。

“糟了，要出大事！”西格玛失声叹息。

“我们兢兢业业地守在这里，监控人类的一举一动，难道得到的信息都是过时的？”话音刚落，西格玛自知失言。在年轻人面前，面临危机，他不应该胡乱猜忌。

老到沉着的他，立即调整状态。现在还没到不可收拾的地步，兵来将挡水来土掩，积极应对就是了，毕竟他还是宇宙霸主的安全总部负责人。

“埃它，命令你的属下，迅速把我们计算机系统的时间程序差值算出来，重新设置，与地球时间同步。”

埃它伸出左手弯曲的食指表示立即执行。他们很快调整了计算机系统的时间程序，与地球达到同步。

这时，监控画面上显示，“猎鹰”和吉茜卡走出美国巴尔的摩华盛顿机场直奔白宫。根据推算，这也应该

是过时的信息。

“难道计算错了？还是设置障碍之人已经考虑到这一步？”三个人面面相觑，都是一头雾水。

“立即启动暗物质传输空天对话系统。”西格玛愤愤地说。

西塔犹豫一下，试探性地问道：“爷爷，您确定必须这么做吗？”

西格玛向西塔下达这条指令前，他已经想得很清楚。此时启动暗物质传输空天对话系统，意味着他将承担极大的风险。

这段时期面对内忧外患，西格玛确实感到力不从心。启动暗物质传输空天对话系统，必将大量耗费他的精元之气，他的功力极有可能从第七维度境界降到第四维度境界，变成和埃它和西塔一样。

想到自己的功力将和孙辈一样，西格玛的心头就隐隐作痛。

“我不下地狱，谁下地狱？”西格玛家族其他成员，只达到了第四维度境界，其功力根本激活不了暗物质，无法完成空天传输对话。也就是说，如果想启动这种模式，必须由西格玛亲自操作，功力耗尽、加速衰老是必然的结果。

更致命的是，启动这种模式，必须接通潜伏在地球某个卧底，让其完成点对点信息传输。至于在天地信号

接通那一刻，究竟与潜伏在地球的哪个卧底第一时间对接，是西格玛无法控制的。

这些潜伏在地球上的卧底，不论身处何处，都能及时有效地提供他们需要的信息。但是，法相汉娜曾经提醒他们，那些潜伏的卧底，肯定有人已经倒戈。如果汉娜所言属实，一旦他们启动暗物质传输空天对话系统，与倒戈的潜伏者实现对接，结果非但不能获取有用信息，还极有可能泄露天机。

听完西塔的分析，西格玛沉默了。但是，眼下安全总部只能收到过期的延时信息，根本无法做出准确判断，等于耳聋眼瞎地坐以待毙。

西格玛左右为难，沉默不语。

“尊敬的西格玛先生，即便我们启动暗物质传输空天对话系统，能够获取实时信息，但这绝对不是长久之计。我们总不能完全放弃现有监控系统，一次又一次地消耗您的精元之气吧？我认为，必须查出监控信号延时的真实原因。”埃它诚挚地建议道。

见西格玛犹豫不决，西塔暗示庆幸自己没有立即启动暗物质传输空天对话系统。西格玛在，西格玛家族一切都在。如果因为一些重要或者不重要的信息，重创西格玛的元气，必然得不偿失。

如果不启动这个对话系统，安全总部就等于变成盲人、聋人，被动接受百无一用的过时垃圾信息。如此被

动，这也令他们是可忍孰不可忍。

一时间，西塔也感到手足无措。

听到埃它建议彻底检查监控系统，西塔眼前一亮，转眼又变得灰心丧气。彻底检查监控设备，必须经过法相汉娜直管的科研部许可。汉娜现在是西格玛的死敌，巴不得西格玛在工作上出错呢。

埃它知道西格玛和西塔如此为难的原因，想了想，试探说道："要不——我去科研部找罗他吧。我和他私交不错，万一他愿意帮忙呢。"

听到埃它和科研部负责人罗他有私交，让西格玛感到很意外。

罗他是奥密伽 7 星球科研部负责人，他的爷爷、父亲都是奥密伽 7 星球科研部负责人，他也算是将门之后，继承先辈衣钵。更重要的是，他爷爷和汉娜还有一定的血缘关系，因此，汉娜把他当作心腹培养提携，将科研部列为自己的核心势力范围。

想到这里，西格玛侧身盯着埃它，右手食指与中指不自觉地绞合在一起。

看到西格玛这个下意识的肢体语言，西塔和埃它顿时明白，西格玛已经陷入极度焦虑之中，在取舍之间陷入两难境地。

埃它知道西格玛在担心什么，立即补充道："西格玛先生，其实我提出这个建议，是经过再三考虑的。我

认为，我去科研部找罗他，是一箭三雕之举。”

“一箭三雕之举？说来听听。”西塔迫切地催促道。

“先说说我和罗他的私交吧。”埃它为了打消西格玛对自己的怀疑，认为必须先把这个问题交代清楚。

西格玛家族和埃它家族世代交好。埃它父亲在一次星球大战中，不幸殒损，西格玛便把埃它视为己出，多年来，对他不遗余力地进行培养和提携。

埃它和罗他交往，西格玛并不知道。他不想看到他的属下私下接触法相汉娜的人，并把这种行为视为对他的不忠。如果不是遇到这种特殊情况，埃它绝对不会提及此事。

西格玛见自己无比信任的埃它跟汉娜的心腹有私交，先是惊讶，后是愤怒。他刚想发火，见埃它主动要求解释，就把怒火压了压，示意埃它说下去。

埃它理了理思路，说道：“去年，女皇提出重新组建各部门的时候，罗他向我伸出橄榄枝，盛情邀请我去他的科研部门。我知道自己一直受您的培养和提携，取得的成绩和荣誉，也拜您所赐。所以，我认为我正确的选择是在安全总部效忠到老，于是我婉言拒绝了罗他。不过，罗他并没有生气，还再三表示，虽然我们不能在一起共事，日后有需要他的地方，他会尽力相助。”

见西格玛的疑虑逐渐打消，埃它便想进一步陈述自己的计划。

西格玛伸手打断他："说心里话，罗他这个年轻人呢，人品和能力还不错，我对他也很赏识，只不过——"

西格玛想说，只不过他是汉娜老虔婆的心腹，与我们志不同道不合。这句话在他心里反复掂量几次，还是没有说出来，而是改口道："继续说你的计划吧。"

埃它知道西格玛的顾虑，接着说道："我只是敬佩罗他的能力和人品，才和他交往的。在业务上，我们并没有任何交集。现在我们遇到难处，找他也是没有办法的办法，实属被逼无奈。"

他话锋一转，和盘托出自己的计划："我去找他，也仅限于安全总部各部门监控信息出现滞后现象，请他们出面检查，这也在业务许可范围之内，毕竟他们也肩负着监控地球的职责。我们和科技部监控对象不同，如果我们因设备问题出现信息缺失贻误战机，科研总部也有不可推卸的责任，罗他自然会考虑到这一点的。"

西塔兴奋地站起来说："好兄弟，你想得很周到！还有补充吗？"

"还有就是——"埃它压低声音，看着西格玛的脸色思忖。

"快说，别卖关子了！"西塔走到埃它身边，拍了拍他的肩头。

"还有——还有，如果科研部的监控信息也是滞后的，就可以得出一个重要的结论，那就是有人需要这样。

作为宇宙霸主，我们的监控系统不可能出现这种低级错误。”

看来，不止西格玛这样想。

“就这么办！”不等埃它说完，西塔就兴奋地击掌喝彩。

“就按你所言去办，速去速回。”西格玛接受埃它的建议，批准他立即执行。

埃它伸出左手弯曲的食指领命而去。

中国贵州省黔南布依族苗族自治州。

这段时间，中国科学院记忆研究所的杨所长和项目负责人李国挚带领团队成员吴梅、雒小丹一直坚守在这里，与当地“天眼”科研团队共同完成了打造升级版“候风灵动仪”的科研任务。

基于“天眼”具有天文探测的特殊功能，由中国科学院院部统筹，将中国科学院记忆研究所的“候风灵动仪”与“天眼”巧妙结合在一起，为“候风灵动仪”装上的一只“眼睛”，增强了“天眼”对来自太空不同生物思维信息的辨析能力。

一度瘫痪的“候风灵动仪”满血复活，为地球获取、分析来自奥密伽 7 星球的信息提供了强有力的技术支撑。为了确保新设备正常运转，杨所长和李国挚轮流在升级版的“候风灵动仪”旁值守，不许它再出现任何

差错。

仲秋时节的贵州大山里，白天艳阳普照，温暖如春，但深夜里气温却陡然降到零度以下。

这是大山中喀斯特地貌环境特有的气候。

今晚，吴梅与雒小丹在观测室值守。突然，警铃大作，监控屏幕上又出现了携带高能量脑电波形成的粗重而跳跃的曲线，打印机的喷墨口随着曲线的变化，不断大幅度跳跃，在信息记录纸上留下了类似奇峰怪壑般的图形。

现在，吴梅和雒小丹已经能解读这种图谱表达的信息。她们不敢怠慢，立即叫醒李国挚。

“就是它！”李国挚从睡梦中起身，看着眼前记录纸上再次出现奇异图谱，脱口而出。

这个图谱，宣告折磨李国挚多年的痛苦心结已经解开。他和导师倾尽毕生心血研究出来的“候风灵动仪”，在研究所地下三层兢兢业业工作了三十多年后，在这种携带高能量脑电波的攻击之下，才“以身殉职”。

“马上调出那台‘候风灵动仪’最后留下的图谱。”李国挚命令道。

吴梅立即从电脑中调出一段图谱，虽然只有半截，但其波峰、频率、强度与刚才得到的图谱完全一致，强度有过之而无不及。唯一不同的是，依靠“天眼”作为信息接收的前端，升级版的“候风灵动仪”在截获、处

理这种携带高能量的脑电波时，竟然毫发无损，并完整地打印出清晰的图谱。

面对这段完整的记录图谱，一个个强烈的疑问在李国挚脑海里接连闪现。

这段图谱显示，这种携带高能量的脑电波，其强度比人类正常脑电波高出数万倍甚至数十万倍。更令他百思不得其解的是，从信号源到此地的距离，不足一万公里，显然就在地球上或者某个空间站上。难道，外星球的生物已经来到地球，还是他们占据了人类的空间站？

李国挚不敢再往下想了，他让雒小丹叫醒杨所长，让吴梅立即联系在北京参加三国专家联席会议的吴岳教授。